Háblame, musa, de aquel varón

Novela

Dulce Chacón
Háblame, musa, de aquel varón

 Planeta

Este libro no podrá ser reproducido,
ni total ni parcialmente, sin el previo
permiso escrito del editor.
Todos los derechos reservados.

© Dulce Chacón, 1998
© Editorial Planeta, S. A., 2004
    Avinguda Diagonal 662, 6.ª planta. 08034 Barcelona (España)

Diseño e ilustración de la cubierta: Opalworks
Fotografía de la autora: foto © Chicho
Primera edición en Colección Booket: abril de 2004
Segunda edición: junio de 2004

Depósito legal: B. 29.295-2004
ISBN: 84-08-05219-5
Impresión y encuadernación: Litografía Rosés, S. A.
Printed in Spain - Impreso en España

Biografía

Dulce Chacón (Zafra, Badajoz, 1954-Madrid, 2003),
autora de poesía, novela y teatro. Algunas de sus
novelas han sido traducidas al italiano, francés,
portugués, alemán y griego, próximamente se
editarán en inglés y finés.

Su obra poética y narrativa ha sido reconocida
con numerosos premios, entre los que se cuentan
el Premio Ciudad de Irún de Poesía por *Contra el
desprestigio de la altura*, el Premio Azorín de novela
por *Cielos de barro*, el Premio de Libreros de Madrid
al mejor libro del año 2002 por *La voz dormida* y
numerosos reconocimientos por su compromiso con
la mujer en sus libros.

Su obra poética consta de los siguientes títulos:
Querrán ponerle nombre (1992), *Las palabras de la
piedra* (1993), *Contra el desprestigio de la altura*
(1995), *Matar al ángel* (1999), *Cuatro gotas* (2003).

Sus novelas son: *Algún amor que no mate*
(1996), *Blanca vuela mañana* (1997), *Háblame, musa,
de aquel varón* (1998), *Cielos de barro* (2000), *La voz
dormida* (2002).

Escribió dos obras de teatro: *Segunda mano*
(1998) y *Algún amor que no mate* (2002), adaptación
de su novela del mismo título. Y una biografía de la
torera Cristina Sánchez, *Matadora* (1997).

A mi madre, y a mi padre

HOMERO CLARK

*Háblame, Musa, de aquel varón de
multiforme ingenio que, después
de destruir la sacra ciudad de Troya,
anduvo peregrinando larguísimo tiempo,
vio poblaciones y conoció las costumbres
de muchos hombres y padeció en su ánimo
gran número de trabajos en su navegación
por el ponto, en cuanto procuraba salvar
su vida y la vuelta de sus compañeros
a la patria. Mas ni aun así pudo librarlos,
como deseaba, y todos perecieron por sus
propias locuras. ¡Insensatos! Comiéronse
las vacas del Sol, hijo de Hiperión; el
cual no permitió que les llegara el día
del regreso. ¡Oh diosa hija de Zeus!,
cuéntanos aunque no sea más que una
parte de tales cosas.*

HOMERO, *Odisea*

PRIMERA PARTE

Habito donde la ciudad dormita
y se demora en largos suspiros,
en los campos de lágrimas,
en un lecho que tiene por frazada el llanto,
en el angosto corredor
que se abre entre el cielo y sus párpados.
...Murió el grito del retorno.

ADONIS

Tú nunca le pediste que te hablara de Ulises. Ahora ya es tarde. La fatalidad te ha enseñado que las palabras que evitabas decir, y también las que dijiste, forman parte de la distancia que aumentó el desprecio de Matilde hacia ti.

—Adrián —ella tenía que repetir siempre tu nombre—, Adrián.

—¿Me llamabas? —contestabas sin mirarla.

—Sí. Quería decirte que.

—¿Cómo?

—Que quería decirte que. —Tú seguías sin mirarla.

—¿Qué?

Y ella se cansaba de repetir.

—No, nada.

Gozaste del amor de tu esposa, durante

casi dos años. La amaste, y ella te amó. Matilde no había comenzado a juzgarte, y tú aún no dudabas del amor de Matilde.

Tus limitados ingresos te permitían pagar tan sólo una habitación realquilada con derecho a cocina. Tiempos de penuria económica. Y ahora te preguntas, al recordar aquella escasez, si realmente erais felices. ¿Lo erais? ¿No os lo inventasteis? ¿No era más fácil afrontar las dificultades siendo «felices»? Malabarismo. Hicisteis juegos malabares con la palabra felicidad. Fuisteis cómplices. Y dejasteis de serlo.

Tú vivías en paz con tus grandes aspiraciones literarias y Matilde sin ninguna gran aspiración. Hasta que llegó Ulises. Tus sueños se convirtieron en codicia y no pudiste confesarlo. Entonces fue cuando ella comenzó a sentir el silencio. Y empezaste a perderla. Matilde encontró la complicidad en una tercera persona; y al tiempo, y de forma paulatina y severa, se fue llenando de desprecio hacia ti.

Tú lo sabes, y por eso no puedes dormir.

Sabes que el origen de su huida debes buscarlo en la primera cena con Ulises, a la que tú la obligaste a acompañarte.

—No quiero ir a esa cena. —Fue un ruego lo que ella te hizo.

Cuántas veces te había acompañado a los encuentros con tus colegas, cuántas. Matilde os escuchaba en silencio, convencida de que su opinión carecía de importancia; nadie se la preguntaba ni a ella le inquietaba expresarla. Se mantenía al margen a sabiendas de que su presencia pasaba desapercibida, a todos, excepto a ti. Ella nunca se negó a acompañarte, sabía que la llevabas para asegurarte un espectador; atento siempre a tu discurso. A Matilde le gustaba agradarte, te escuchaba, reía tus bromas, y a ti te bastaba su risa y su silencio, su discreción.

Ella sabía que alardeabas de mujer hermosa. Eso no le importaba. Pero esta vez era una reunión de trabajo. Un famoso productor había leído el ensayo sobre la *Odisea* que publicaste en una revista literaria; tu propuesta le resultó ambiciosa, y quiso conocerte. Así es como te ofreció escribir el guión de su próxima película, realizar tu sueño. Tú le habías hablado a Matilde de Ulises con admiración. Lo describiste como un gran conversador, un productor culto, inteligente, irónico y mordaz. Ella temía encontrarse con él. Insistió en su ruego:

—Los tres solos..., si fuera más gente... Mejor yo no voy.

—¿Cómo?

—Que mejor vayas tú solo.

—Ulises es muy amable. No tienes ni siquiera que hablar, no te preocupes. Ponte guapa, ya verás, se quedará impresionado.

Tú obligaste a tu mujer a acudir a esa cita. Ponte guapa, le dijiste. Y se puso el único vestido de noche que tenía. Estaba realmente hermosa. La recuerdas así, hermosa. Seda negra resbalando hasta sus pies calzados con tacones altos. La recuerdas, durante la cena, sujetándose sobre los hombros semidesnudos el chal blanco que le trajeron de Turquía, alguien, no sabes bien quién, su madre, su hermana, tú mismo, quizá.

Después de cenar, Ulises os invitó a una copa en su casa. Te interesaba ir, hablaríais del guión, y aceptaste sin consultar a Matilde.

—Lo siento —había dicho Ulises—, el coche sólo tiene dos plazas.

—Ve tú, Matilde. Yo cogeré un taxi.

La recuerdas subiendo al automóvil. Se inclinó para entrar, y viste su cuello más largo que nunca, su nuca despejada. Puedes ver incluso el pasador que adornaba su pelo recogido en un moño. Tu regalo en vuestro primer aniversario de boda. La plata destacaba en su cabello rojizo.

No quisiste ver la rabia en sus ojos mientras cerrabas la portezuela del automóvil, no la miraste.

Y ahora te preguntas qué pasó entre ellos en ese espacio que no te pertenece, que no compartiste con ella. Por qué no le pediste esa misma noche que te hablara de Ulises, por qué dibujaste con tu silencio una línea infranqueable.

El taxi en el que viajabas chocó contra un turismo; tú esperaste sentado en el interior hasta que los conductores terminaron de discutir. Tranquilo. Tardaste demasiado en llegar.

De qué hablaron durante aquel primer encuentro, los dos solos, mientras te esperaban más tiempo del previsto.

Y ahora no puedes dormir.

Tal vez si le hubieras pedido que te lo contara, habrías sabido entonces que el chal de Matilde resbaló de su hombro y cayó sobre la palanca de cambio; y que antes de que ella lo advirtiera, Ulises se lo colocó:

—Va vestida de ajedrez.

Matilde se sujetó el chal sobre el pecho con ambas manos.

—Blanco y negro —insistió Ulises—. Muy elegante, como el ajedrez. O como las damas —añadió sonriendo—, el juego de la elegancia.

—Gracias. —Y Matilde también sonrió.

—Vaya, he arrancado una sonrisa del cerco de sus dientes.

Ulises miró a Matilde buscando su reacción, pero Matilde no reaccionó, continuó con la mirada fija en el parabrisas.

—Es una frase de Homero. La *Odisea*.

—No la he leído —contestó ella sin rubor.

—Sí, lo sé, me di cuenta en la cena cuando felicitó a su marido por su ocurrencia, «La aurora de rosáceos dedos» es también de Homero. Los dos nos hemos pasado de pedantes.

Matilde supo entonces por qué le apretaste la mano cuando os servían los postres, y ella te dijo que era una frase preciosa, por qué la miraste condescendiente y sintió en tu mirada la vergüenza.

—Lo siento —añadió Ulises ante el silencio de tu esposa—. No era mi intención ponerla en evidencia.

Matilde le sorprendió con su candidez:

—No he leído el libro. Pero he visto una película. Es una historia muy bonita.

Ulises le pidió que le hablara de Ulises, de Penélope, de Telémaco.

—No sé gran cosa, sólo me sé la historia —contestó con timidez.

—En una adaptación al cine, lo que queda es la historia. Cuénteme la historia.

—¿Por qué? ¿Por qué quiere que yo le cuente algo que usted ha leído y yo no?

—Porque lo que usted conoce de la *Odisea* es lo mismo que saben los espectadores que irán a ver mi película, la mayoría de ellos sólo conoce la historia.

Ulises descubrió la versión de la *Odisea* de quien no ha leído la *Odisea*. Pretendía acercarse a una visión de Homero ajena a los prejuicios literarios.

El interés que Ulises mostraba era real, y a Matilde la desconcertó. El reputado productor de cine que iba a contratar a su marido la escuchaba con atención, a ella, como nadie hasta ahora. La miraba, preguntaba, asentía.

Aquella primera cita fue el punto de partida de tu desencuentro con Matilde. Cuando llegaste al salón de la casa de Ulises, ella dejó de hablar. Regresó a su discreción, a su recato. Recordó las palabras que usaste, Ponte guapa, se quedará impresionado, y se preguntó por qué habías tardado tanto. Te miró, y en los ojos castaños de Matilde adivinaste un reproche.

—Estábamos hablando de la *Odisea*. De los miedos de Penélope —dijo Ulises—. Es muy interesante la visión de su esposa.

Tú creíste que lo decía por hablar, por romper la frialdad que os rodeó a los tres en un instante.

—¿Ah, sí? —contestaste.

Miraste a tu mujer con cierta perplejidad. ¿Cómo podía tener ella una visión de la *Odisea*? Qué hermosa está —pensaste—, y te dirigiste a Ulises para exponer las diferencias que podrían encontrarse en la obra de Homero, según fuera contada por un hombre o por una mujer.

Ulises te escuchaba y miraba a Matilde. Tú no supiste ver en ello que deseaba incluirla en la conversación, y continuaste hablando.

Los dos hombres estabais de pie, y ella sentada y hermosa fumaba en el sofá, ruborizada. Ahora sí, ruborizada ante Ulises, por las palabras que había pronunciado cuando se encontraban los dos a solas, por las que no se atrevía a decir desde que tú llegaste. Habría sido mejor callar también antes.

La velada se desarrolló como tantas otras. Matilde permaneció callada, pero esta vez su conversación anterior con Ulises señalaba su silencio. Y su reserva habitual incluía un nuevo elemento: el rencor.

El rencor. Hacia ti, que habías hablado por ella. Hacia Ulises, que supo hacerla hablar y fue testigo de su incapacidad para seguir hablando. Hacia sí misma, que se avergonzó por primera vez, tanto de su palabra como de su mutismo.

—Escribir este guión es muy importante para mí —le dijiste al salir a la calle. Y le cogiste la mano.

—Entiendo —contestó ella. Y su mano escapó de la tuya como se escabulle un pez.

El punto de partida. El comienzo de tu carrera literaria. El primer guión. Y después vendrían otros. Y la fama. La oportunidad de escribir una novela, de publicarla en la mejor editorial. Las traducciones. Reconocerían el genio que había en ti, y cultivaste tu aspecto de intelectual para facilitar el reconocimiento. Te dejaste crecer el pelo y estudiaste frente al espejo ademanes que lo hicieran caer sobre tus gafas con naturalidad; para retirarlo luego te resultó más fácil encontrar un gesto sencillo. Procuraste que tu vestimenta conservara el desenfado del artista y te adornaste de un cierto aire de desaliño con una barba de tres días. Un escritor debía parecerlo. Te encargarían obras de teatro que representarían los actores más brillantes, las más bellas actrices, en los mejores teatros. Tu nombre escrito en todas partes. Adrián Noguera. Tu nombre repetido en los círculos intelectuales de todo el país. Adrián Noguera. La fama. Entrevistas en prensa, radio, televisión. La superación de la penuria arrastrada.

Tu sueño crecía paralelamente a tu ambición, y eso no podías compartirlo con Matilde. Ella era tu esposa, cómplice en el terreno de lo doméstico, disfrutaría de las mejoras económicas. Le comprarías una casa, que ella podría amueblar a su gusto.

Dos meses habían pasado desde el primer encuentro de Matilde con Ulises. Ella quería olvidarlo, y tú no la dejaste olvidar. Ahora, la memoria te trae sus negativas a acompañarte a una segunda cena con tu productor, y tu insistencia. Y no puedes dormir.

—Ulises me pregunta siempre por ti. Le impresionaste.

Dijiste, para después añadir, como si hablaras de otro tema:

—Vamos a firmar el contrato. Me pagará un buen anticipo. Podré dar la entrada de un apartamento.

Habían pasado dos meses, y ella temía un nuevo encuentro. Tú no entendías su miedo, y para animarla le propusiste visitar la casa que deseabas comprar.

Recuerdas aquel mediodía soleado —lo recuerdas bien, porque has pensado en él muchas veces—. Intentas explicarte la reacción de Matilde, la alegría que viste en ella al entrar en el piso vacío. Intentas explicártelo, una y otra vez, y no puedes. Te limitas a considerar que el agradecimiento era motivo suficiente para su alborozo. Se agarró a tu brazo, y recorrió las habitaciones prendida a ti. Matilde no quería perderte. Prendida. Interpretaste mal su gesto, y también los siguientes, cuando te besó en los labios con una pasión insólita, cuando te acarició, y se entregó a tu boca, y te pidió, allí mismo, en el suelo desnudo, que le hicieras el amor. Ella no quería perderte, por eso se quitó el vestido y se ofreció desnuda en la casa desnuda. Te sorprendió, y no la entendiste porque jamás se había arrebatado de esa forma. Ella no conocía la desmesura, y tú no reconociste a tu esposa. Le hiciste el amor, o ella te lo hizo, y te asustó, porque era la primera vez que os entregabais así.

Respondiste a su ruego extravagante, disparatado, convencido de que te estaba agradeciendo la adquisición. Matilde no quería perderte. Después del amor se enredó en tus brazos, largo tiempo, ronroneando como un felino.

Y al salir de la casa, te rogó que la excusaras de acudir a la cena con Ulises.

—Ulises me pregunta siempre por ti.

Ulises os esperaba sentado en la última mesa del restaurante. Se levantó cuando os vio entrar y no dejó de observar a Matilde. Ella iba detrás de ti, advirtió la mirada de Ulises y mantuvo la suya en tu espalda. Cuando llegasteis a la mesa se encontraron los ojos de ambos, y fuiste tú quien sintió miedo. Te negaste a reconocerlo, pero tu miedo aumentó —ahora lo sabes—, cuando Ulises retiró la silla donde Matilde debía sentarse. Se inclinó hacia ella, le habló en voz baja:

—Tenía ganas de verla.

Lo oíste, lo oíste bien, a pesar de que las palabras de Ulises eran casi un susurro. Matilde no contestó, dejó que la ayudara a acercarse a la mesa y colocó su servilleta sobre las piernas, antes de que vosotros os hubierais sentado. Ese pequeño movimiento, demasiado rápido, te desveló que se esforzaba en controlar sus nervios.

—Usted y yo tenemos un tema pendiente —Ulises se dirigía a Matilde.

Y contestaste tú, sin mucha curiosidad, convencido de que era una forma de iniciar la charla:

—¿Ah, sí?

Matilde te miró a ti, y Ulises a ella.

—Dejamos a medias una conversación, Matilde.

Entonces te diste cuenta: a ti te llamaba Noguera, a ella la llamaba por su nombre. Matilde.

—He leído la *Odisea* —le dijo tu mujer a Ulises.

—¿Ah, sí? —volviste a decir, esta vez sorprendido, desconcertado.

Había leído la *Odisea* y no te lo había dicho. ¿Por qué? ¿Por qué la había leído? ¿Por qué no te lo había dicho? ¿Seguro que la había leído? Matilde carecía de iniciativa para la lectura, sólo leía lo que tú le recomendabas. Sentiste de pronto un desplazamiento, una leve molestia. Y ahora, al recordarlo, reconoces el orgullo en el tono de su voz:

—He leído la *Odisea*.

Y escuchas orgullo también en la voz de Ulises cuando se dirigió a ella, sólo a ella, después de que tú dijeras «¿Ah, sí?»:

—Bien. Bien. Ahora podrá decirme si el texto refuerza su teoría sobre el miedo de Penélope al futuro.

Tú ignorabas por completo que Matilde tuviera una teoría, que fuera capaz de tenerla. Tu asombro aumentó con su respuesta:

—Sí —dijo mirando alternativamente al plato, a la servilleta, a Ulises, a ti—. Penélope coquetea con los pretendientes, les da esperanzas, no los acepta, pero tampoco los rechaza. Ella teme, no sólo que Odiseo no regrese sino también escoger entre uno de los pretendientes, por eso retrasa la elección y espera a Odiseo. Casi veinte años son demasiados para esperar por amor, ella espera porque teme al futuro.

Sí, Matilde la había leído, por eso llamaba Odiseo a Ulises. Tú no entendías nada, ella veía la sorpresa en tu rostro y exponía deprisa su argumento, sin respirar. Tuvo que callar para tomar aliento. Encendió un cigarrillo.

—Claro, y la espera mantiene el presente —reflexionó Ulises en voz alta.

Matilde tomó seguridad, Ulises le había prestado atención, había entendido lo que ella quería decir. Siguió hablando ante tus ojos atónitos. Matilde locuaz. La mirabas sin escuchar y, sin embargo, recuerdas perfectamente sus palabras:

—Exacto, la espera mantiene el presente. Por eso teje y desteje, y no un tapiz como yo creía, sino un sudario, una mortaja para Laertes, padre de Odiseo, que no quiere morir hasta que su hijo regrese. Penélope entretiene la vida y la muerte.

—¡Magnífico! —exclamó Ulises—, entretiene la vida y la muerte. —Ulises se volvió hacia ti, por primera vez en aquella conversación—. Entretiene también la muerte, hasta que Odiseo no vuelva su padre no puede morir. ¡Magnífico! ¿Qué le parece, Noguera? —te preguntó.

Recuerdas la tímida sonrisa de Matilde, que te miraba expectante, su expresión al escuchar tu respuesta:

—Me parece que tengo una mujercita muy bonita, y muy lista.

La parálisis fijó la sonrisa en los labios de Matilde, demasiado tiempo, hasta que encontró el disimulo exacto para dejar de sonreír.

Perdiste. Ella te amaba. Ahí comenzaste a perderla.

Matilde no se había avergonzado nunca de su ignorancia. Y en aquella ocasión, se abochornó de lo que sabía, poco, pero más de lo que se esperaba de ella, de lo que tú esperabas de ella. Enrojeció.

Derivaste la conversación hacia otro terreno, sin atender a la perplejidad de Matilde. Tú habías llegado a la cita cargado de tu propio entusiasmo, habías tenido una idea. Y te urgía contársela a Ulises.

—Tengo una idea que le dará a la película un tono absolutamente original —dijiste, y zanjaste así cualquier intento de volver a los miedos de Penélope.

Desde aquel momento Matilde evitó mirar a Ulises, y Ulises evitó mirarla. Un pacto, que no te incluía a ti. Desde aquel momento no se dirigieron la palabra, ambos te escucharon desde una intimidad recién descubierta, desde un silencio cómplice que no te incluía a ti. No te diste cuenta de que fue un acuerdo —ahora lo sabes—, de posponer su conversación. Matilde te observaba. Ulises también.

—Estoy impaciente por escuchar su idea —te dijo él, sin ninguna impaciencia.

Y tú no dejaste de hablar. Habías tenido una idea. Una idea sublime. Insólita. Tu idea.

Y comenzaste a contársela a Ulises, orgulloso y feliz, pletórico.

—La *Odisea* en Irlanda —contestaste, buscando la sorpresa en su rostro.

—¿La *Odisea*... en Irlanda?

Lo habías conseguido, sorprenderle. Ulises dejó en el plato el tenedor que había comenzado a llevarse a la boca y se inclinó hacia ti para escucharte más de cerca.

—¿Cómo que la *Odisea* en Irlanda?

Tú comenzaste a explicarle las dificultades de encontrar las referencias homéricas en el *Ulises* de Joyce. La película haría esa búsqueda.

—Tanto la *Odisea* como *Ulises* son una relación de capítulos inconexos que cuentan una historia. Nosotros haremos la fusión de los dos textos basándonos en lo que Joyce quiso que tuvieran en común.

—¿Está seguro de lo que dice? —replicó Ulises, incrédulo.

Continuaste explicando tu idea mientras Matilde te observaba. Sorprendida de tu entusiasmo, de tu vitalidad, de tu transformación. Y comenzó a juzgarte, y cuando lo hizo, aún te amaba.

Ella te había visto por la mañana, en el apartamento recién estrenado, trabajando en tu estudio. Permaneciste de pie, frente a la ventana, con las manos juntas delante de la boca, los dedos tamborileando unos contra otros, los ojos entornados, demasiado tiempo para estar sólo mirando. Y después, te había visto sentado ante tu mesa de trabajo, rodeado de libros y cuadernos abiertos, subrayados, anotados. Te había visto, un cigarrillo en la mano izquierda y la pluma en la derecha, y observó cómo te los llevabas alternativamente a los labios mirando al aire, demasiado tiempo para estar sólo pensando.

Cuando te vio relatar tu idea con aquel entusiasmo febril, excesivamente ingenuo para resultar convincente, supo que por la mañana te encontrabas perdido. Supo que no eras capaz de pensar; que esperabas. Habías tenido una idea. Qué hacer con ella. La idea que tú creías genial planteaba problemas. Esperabas que las soluciones te encontraran, como te había encontrado la idea, sin buscarla. Esperabas recursos ingeniosos que sorprendieran a Ulises. Epatar al productor. Esperabas.

Después de cenar, Ulises volvió a invitaros a su casa a tomar una copa.

—Estoy cansada —dijo Matilde antes de que aceptaras la invitación.

—¡Vamos! —replicó Ulises.

Ella te miró a los ojos, y tú no quisiste ver su súplica.

—¡Vamos! —repitió el productor—, será sólo un momento, aún no hemos acabado de hablar.

—Ah, sí. Por supuesto que no hemos acabado. Le revelaré a Ulises la relación entre Calipso y Molly Bloom.

Mientras le colocabas a Matilde su capa sobre los hombros, señalaste a Ulises con el dedo y guiñaste un ojo.

—Gibraltar —susurraste, como quien anticipa la clave de un secreto.

—Ya lo ve, Matilde. No podemos perdérnoslo. Nos espera una gran revelación. Gibraltar. Molly Bloom. Calipso. —Ulises declamó los nombres, histriónico.

—Pero yo estoy cansada. Podrían ir los dos. Yo tomaré un taxi.

Te extrañaba la reticencia de Matilde. Te sorprendió que antes hubiera olvidado su discreción y ahora casi faltara a las normas de cortesía permitiendo que Ulises insistiera.

—De ninguna manera —le dijo él cogiéndole las manos; tú aún tenías las tuyas sobre sus hombros—, jamás la dejaría irse sola.

Ulises la miraba, le hablaba, por primera vez desde que la llamaste bonita y lista. Matilde te daba la espalda, por eso no viste que le miraba también. Sentía la presión de tus manos, la caricia en las manos de él.

—¡Vamos! —dijiste tú.

—¡Vamos! —le rogó Ulises.

Ella se desprendió de sus manos y de las tuyas, y contestó:

—Vamos.

De nuevo un coche de dos plazas para ellos, y un taxi para ti. Esta vez le pediste al taxista que corriera.

Y ahora te preguntas, como entonces, cuando seguías al deportivo rojo que llevaba a Ulises y a tu mujer, de qué hablarían. Veías sus cabezas desde lejos con claridad, hasta que un semáforo obligó a parar al taxista. Los perdiste, y te pareció que cuando se alejaban habían comenzado a charlar. Tu inquietud se convirtió en impaciencia al verlos desaparecer:

—Por favor; dese prisa. ¿No ve que vamos a perder a ese coche? —gritaste.

—Oiga, que no estamos en el cine. ¿No ve que está rojo?

Nunca había tardado tanto un semáforo en cambiar de color.

Tampoco entonces le pediste que te hablara de *Ulises*. Y ella no te contó lo que tú no habrías querido escuchar.

—Hay muchos hombres así —dijo Ulises en el interior del coche. Por el tono de su voz parecía que estuviera disculpándose—. Conozco a más de uno que se cree en la obligación de hablar en nombre de su mujer.

—Le ruego que no hablemos de él. Le amo —contestó Matilde, escudándose detrás del amor.

Matilde temía perderte. Y le dijo a Ulises que te amaba porque le temía también a él.

—Lo siento, no he querido ofenderla.

—¿Y por qué cree que me ofende?

—Es cierto. Perdóneme.

—¿Es que va a estar durante toda la noche pidiendo perdón?

—Creí que se sentiría mejor si hablara de lo que ha ocurrido esta noche.

—No ha ocurrido nada esta noche.

—Matilde, he descubierto que usted utiliza el silencio como una forma de reproche. Y no me gustaría que conmigo hiciera lo mismo.

—¿Cree que me ha descubierto y que por eso me ofende? Usted sabe ahora que yo hablo poco delante de mi marido, pero no crea por eso que me ha descubierto. Usted no sabe si yo quiero hablar, o no quiero hablar. Usted no me conoce. No sabe nada de mí.

—Es cierto, y siento no conocerla, pero también sé que su marido tampoco la conoce.

Matilde no pudo controlar por más tiempo su tono de voz. Le interrumpió. Gritó:

—Le he pedido que no hablemos de él.

Ulises quedó callado. Le sorprendió el placer que le provocaba el haberla enfurecido. Saboreó su ira unos instantes. Paró el coche. Respiró antes de volver a hablar:

—No la conozco. Es cierto. No se inquiete. No la conozco —repitió como para sí mismo—. No la conozco —entonces subió también el tono de su voz y levantó con brusquedad el freno de mano—, pero no se inquiete. Y aunque me gustaría conocerla, jamás la forzaré a hablar de lo que usted no quiera.

Ulises se giró hacia Matilde, la miró a la boca, advirtió que le temblaba ligeramente el labio inferior.

—No me inquieto. Pero le ruego que haga el favor de no meter a mi marido en esto.

—Bien. Bien. Hablaremos siempre sin mencionar a Adrián —replicó Ulises, recobrada la calma, con dulzura.

Adrián. A ella sí le dijo tu nombre. Callaron los dos. Matilde esperó a que él hablara de nuevo. Y Ulises temió que ella volviera a utilizar su mutismo. Matilde estaba desconcertada, le miró. Él jugó a desconcertarla aún más:

—Y a usted, Matilde, ¿qué le parece la *Odisea* en Irlanda? —Arrancó el coche mientras lanzaba la pregunta.

Matilde sonrió ante aquel giro inesperado de la conversación:

—No lo sé —contestó—. No he leído a Joyce.

—Yo tampoco.

—¡¿Usted tampoco?! —exclamó sorprendida, estupefacta.

La tensión acumulada estalló. Ambos se miraron, y los dos comenzaron a reír.

Tú no podrías haber sospechado nunca que Ulises no hubiera leído el *Ulises*. Ahora lo sabes, cuando insistes en reconstruir el desastre. Rieron los dos, ante aquella insólita revelación, mientras tú viajabas inquieto hacia la casa de Ulises.

El semáforo cambió de color, el conductor del taxi arrancó de mala gana —te pareció— y condujo aún más despacio —volvió a parecerte—, fastidiado por el improperio que le habías dirigido.

—Ahí tiene el coche rojo —te dijo al llegar; viendo que estaba aparcado ante la puerta.

Le diste las gracias. Pagaste sin dejar propina. Saliste disparado hacia el portal. Te precipitaste hacia el ascensor y corriste a llamar al timbre.

La lentitud de los pasos de la doncella al salón te exacerbó. Te obligó a caminar despacio. Abrió la puerta y te invitó a pasar. Buscaste a Matilde con la mirada. Ella te observó desde que entraste. Sentada en el sofá, fumando, distante y bella, te miraba desde una lejanía que no abandonaría jamás.

—Creo que estoy aburriendo a su esposa, Noguera —te dijo Ulises cuando te vio entrar.

—Usted no podría aburrirme —le contestó ella.

—De todas formas —replicó Ulises mirándote a ti—. Me temo que lo conseguiremos si continuamos hablando de nuestro guión. Brindemos por Gibraltar —añadió ofreciéndote una copa—, pero hablemos de su relación con Calipso y Molly Bloom en otro momento. ¿Le parece?

—Te encuentro fatigado —te dijo Matilde sin levantarse, alzando la copa que Ulises le sirvió para brindar por Gibraltar. Y tú contestaste:

—¿Ah, sí?

Le diste la mano en el ascensor, al bajar de la casa de Ulises. Matilde, con el pretexto de colocarse el bolso bajo el brazo, la retiró. Se volvió hacia el espejo, casi dándote la espalda, y se arregló el peinado. Tú no volviste a cogerle la mano, ni ella te la pidió. Matilde ofendida.

Os dirigíais al nuevo apartamento, en silencio. Era la primera vez que dormiríais allí, lo habíais estrenado esa misma mañana. Matilde, con una actividad frenética, consiguió amueblarlo en tan sólo diez días.

Ella misma cosió las cortinas y confeccionó una colcha a juego para vuestra cama. Se había encargado del traslado de los pocos enseres que poseíais, y había organizado tu estudio. Compró una estantería, y colocó por orden tus libros, uno por uno, balda por balda, en el mismo lugar que ocupaban en la habitación realquilada, respetando la anarquía controlada que sólo dominabas tú. La pared frente a tu escritorio la adornó con una reproducción de Modigliani. Puso en tu mesa un jarrón de cristal y lo llenó de flores que ella misma compró. «Para que mires cosas bonitas cuando estás pensando», te dijo. Y tú te pusiste a escribir, nada más llegar.

Regresabais a vuestro hogar, donde Matilde te dijo por la mañana que se sentía como una recién casada, y os acompañaba el silencio.

Debería pasarla en brazos, pensaste, sin atreverte a decirlo. Pero lo dijiste, casi sin decirlo, casi sin atreverte.

—Debería pasarte en brazos —te arrepentiste en el momento mismo en que las palabras se escaparon. Te arrepentiste aún más cuando escuchaste su respuesta:

—Eso sólo se hace en las bodas.

—Pero esta mañana me dijiste que.

—Eso era esta mañana. Además, ya he pasado.

Matilde entró directamente al dormitorio, buscó un camisón en el armario y se encerró en el baño, con pestillo. Ella nunca había echado el pasador.

—¿Qué haces?

—Me estoy cambiando.

—Ah, sí. Claro.

No te atreviste a decirle que lo hiciera delante de ti, que te gustaba verla desnudarse.

—Has hecho un buen trabajo en la casa. Tenemos una casa preciosa.

—Sí —contestó—, ha quedado bien.

—Tenemos una casa preciosa —repetiste, apoyado en el quicio de la puerta cerrada, mientras la imaginabas bajándose la cremallera del vestido.

Sus dedos recorriendo su espalda, lentamente. La seda negra cayendo hacia sus pies. Lentamente. Sus manos resbalando en sus muslos, retirando las medias lentamente —lo has visto muchas veces, pero aquella vez no lo viste—. Su ropa interior, desprendida de su cuerpo. Desnuda. La ves alzar los brazos, meterse el camisón, sus axilas sin sombra. Su cabello en desorden cayendo a lo largo de su espalda, lentamente.

—¿Qué haces ahí? —te preguntó al salir del baño.

—Esperarte.

Matilde te miró a los ojos, por primera vez desde que salisteis de la casa de Ulises.

—No quiero dormir contigo —te dijo.

Tú sentiste un golpe invisible, un dolor intenso en alguna parte inexistente del cuerpo. Tragaste saliva y apretaste los labios. Matilde supo de tu herida por la forma en que le cogiste los hombros.

—Me haces daño —gimió.

—¿Es que ya no me quieres?

—Sí, claro que te quiero. Me haces daño.

—Perdona —aflojaste los dedos, pero no la soltaste—, perdóname, no quiero hacerte daño.

—Pues me estás haciendo daño.

Dejaste caer tus manos de sus hombros, y buscaste las suyas, te aferraste a ellas.

—Pero ¿es que te he hecho algo?

Tú no podías saber que se sentía humillada, que por primera vez le dolía el silencio.

—No, no me has hecho nada.

Le soltaste las manos. Matilde salió de vuestro dormitorio dejándote solo, desarmado, abatido. Mi mujer. Mi esposa. Tú la mirabas caminar por el pasillo. Antes de entrar en la habitación de invitados se volvió hacia ti:

—Buenas noches.

Y tú, en un impulso dramático, desesperado, le gritaste:

—Déjame que te haga el amor.

—¿Ahora? —se sorprendió ella.

—Sí.

Fue un sí lastimero y suplicante, un sí que despertó algo en ella, algo, no sabes muy bien qué, un sí que la hizo volver. Caminó despacio hacia ti, y al llegar a tu lado te dijo:

—Bueno.

Se quitó el camisón y se tendió en la cama. Te hubiera gustado desnudarla tú. Besarle la nuca. Besarle los ojos, la nariz, la boca, el cuello. Te esperaba en silencio, con las piernas juntas.

—Ven —te dijo, viendo que ya te habías desnudado. Y separó entonces las piernas.

Te hubiera gustado que te desnudara ella. Decirle palabras de amor, y que te contestara con deseo. Olerla. Acariciarle el vientre, y darle la vuelta. Sentir en tu pecho sus muslos desnudos, abrazarlos. Recorrer con tus mejillas sus nalgas. Acariciarla. Hablarle. Besarla. Pero te diste cuenta de que fuiste directamente a poseerla, en silencio, y supiste entonces, y de golpe —otro golpe, otra herida—, que siempre había sido así.

No fue sólo tristeza lo que te produjo aquella revelación, ni fue sólo asco.

—Te quiero —le dijiste, y te retiraste.

Era una mezcla de impotencia y de miedo, de verdad y mentira, que se estrelló contra ti.

—Dormiré yo en el cuarto de invitados.

Y la dejaste en la que nunca sería vuestra cama. Y ahora, no puedes dormir.

Desde aquella noche, vuestra vida cambió, desde que fuiste consciente de que tu intimidad con Matilde no existía, de que en realidad no había existido nunca.

Antes de irte a dormir, entraste en tu estudio. Observaste la delicadeza con que Matilde lo había preparado para ti. ¿No era eso amor? Te sentaste en el sillón que ella había situado frente a la ventana, junto a una lámpara de pie, «Un rinconcito para leer —te había dicho al enseñarte la habitación—, para cuando te canses de trabajar».

No encendiste la luz. En la penumbra, veías las flores que Matilde había comprado, en tu mesa de trabajo desordenada por ti esa misma mañana, cuando te encontrabas perdido. Per-

dido. Penélope, Calipso, Molly Bloom. Matilde, Matilde, Matilde. Y de pronto, reconociste
el lugar donde Matilde te había hecho el amor
hacía apenas dos semanas. Un estremecimiento súbito te llevó al llanto. Era allí, en el
estudio, bajo la ventana, en el lugar que ocu-
pabas ahora sentado en el sillón.

Lloras, mientras te preguntas si aquella entrega en la casa desnuda fue un acto de amor.
Y buscas respuestas. Sí, así podría ser siempre. Sí, su desmesura indicaba cómo podía ser
vuestro matrimonio, o lo que podría haber
sido. O quizá se había prostituido entre tus
brazos en aquella ocasión. No. No. En la entrega con desgana de esta noche. Su entrega
repetida y pasiva, la acostumbrada, la convertía en prostituta a tus ojos. Cómo acercarte, a
partir de ahora, a Matilde.

Te levantaste del sillón como si hubieras
sido despedido de él, catapultado, y te acercaste a los libros abiertos, a los cuadernos, a
las notas, a tu ambición. El desorden que veías

en tu mesa señalaba otros desórdenes. Y resolviste, de pronto, que la manera de recuperar a tu esposa pasaba por demostrar tu talen-
to. Pero no a ella, se lo demostrarías a Ulises.
Ulises lo reconocería, y Matilde asistiría a ese
reconocimiento. Doble conquista. Y los unis-
te a los dos en el empeño.

Olvidaste las lágrimas, encendiste la luz, y
te pusiste a escribir.

NOTAS

—El color de la película será el azul, como
las tapas que Joyce quiso para la primera edición de *Ulises*.

—Se desarrollará a lo largo del día 16 de
junio, fecha en la que Joyce sitúa su *Ulises*
para recordar el primer paseo nocturno con su
mujer; Nora Barnacle.

—Ha de ser una película donde lo que im-
porte sea el pequeño detalle.

—Homero era ciego, se dice. La ceguera

obliga a mirar hacia dentro, a la reflexión más profunda. En el *Ulises,* Joyce obliga a sus personajes también a esa mirada, y nos lo muestra con la palabra interior, lo que algunos llaman monólogo interior.

—Podríamos darle a las escenas los títulos que Joyce dio a los capítulos de *Ulises*. Encontraremos ahí suficientes referencias homéricas.

—Marion Bloom (Molly), nació en Gibraltar.

—Odiseo a la búsqueda de recuperar a su esposa, Leopold a la búsqueda de recuperar el sexo que Molly le niega desde que murió su hijo Rudy.

—Joyce escribe el 15 casi como un guión, es el más cinematográfico de todos.

Buscas las claves en tus libros subrayados. Consultas los diccionarios. Es frío este amanecer; pero tú no lo notas. Tienes tabaco, café, tu máquina de escribir, papel, y están contigo Homero y Joyce. Silencio. Lees los apuntes que hiciste en los márgenes de la *Odisea,* los comparas con los que escribiste en el *Ulises.* Y te detienes en un párrafo que te llama la atención, un párrafo que no recuerdas haber subrayado, que te debió de gustar cuando lo leíste por primera vez: Nora, la esposa, fidelísima, de James Joyce era una mujer inculta, criada de hotel cuando la conoció, jamás leyó sus libros. Tampoco Matilde lee lo que escribes tú.

Fumas mientras piensas. Perdido. Perdido de nuevo. Mejor pasar las notas que tomaste en la primera lectura de la *Odisea.*

NOTAS A LA *ODISEA*

—Primera aparición de los personajes en la *Odisea:* todos se quejan:

Zeus: se queja de que los mortales culpen siempre a los dioses de su infortunio.

Telémaco: se queja de que los pretendientes dilapiden su hacienda.

Penélope: llora al escuchar una canción que le recuerda a Odiseo. (Ya desde su primera aparición, representa la fidelidad conyugal.)

Odiseo: también llora, mirando al mar. Se queja de no poder regresar a Ítaca. Permanece obligado junto a Calipso, duerme con ella que le ama, él no la ama. (Los estudiosos sitúan la isla de Calipso en Gibraltar.) (Es infiel a Penélope, ya en su primera aparición.)

(Para la escena 1)

1. Exterior/día.

2. El escenario primero podría ser la torre redonda, a las afueras de Dublín, donde comienza *Ulises*.

3. Penélope se mira en el espejo partido que le tiende Buck Mulligan después de afeitarse. El espejo es un símbolo del arte irlandés. El espejo partido de una criada.

4. Las voces de los pretendientes: el griterío juvenil en el cuarto de Clive Kempthorpe. (Aquí habría una toma de primer plano: una mano pulsando las cuerdas de un arpa.) Un fundido a Penélope que llora mientras escucha la música que le recuerda a Odiseo. Telémaco se aleja por la playa ante la mirada de su madre. Los pretendientes se disponen al festín del desayuno. Buck se queja de que no hay leche. Una nube de humo y vapores de grasa frita envuelve a Penélope mientras se escuchan en *off* las risas de los glotones.

Piensas. Fumas y miras la reproducción de Modigliani que Matilde enmarcó para ti. Una joven de cabello rojizo sentada en una silla, la cabeza ladeada y los ojos vacíos pintados de oscuro, una mirada que no ve en unos ojos que miran. Expresión lánguida, serena. Cabello rojizo. Ojos vacíos. Piensas en Matilde. Matilde, tumbada en la cama, diciéndote «Ven». Y ya no puedes escribir más.

Apagas el cigarrillo en el cenicero repleto de colillas y te diriges a la habitación de invitados. Y no puedes dormir, como ahora, no puedes dormir.

Recuperar a Matilde se convirtió en tu obsesión. Todo iría bien si la película conseguía el triunfo. El éxito dependía en gran medida de Ulises. Él debía escoger un director que rodara el guión tal como tú pensabas que debía rodarse. La gloria vendría acompañada de abundancia y le comprarías a Matilde un chalet adosado. Una casa grande, con un pequeño jardín. Una nueva oportunidad, un dormitorio común, Matilde no se atreverá a negarse a compartir su cama por segunda vez.

Conseguiste olvidar el dolor de aquella noche, la que ahora te duele, más, mucho más, en la memoria. Olvidaste el daño para poder seguir viviendo con él. Y un día, cualquier día de los días siguientes, no recuerdas cuál, te acercaste a ella; con las palmas de tus manos enmarcaste sus mejillas y le inclinaste la cabeza hacia un lado:

—¡Claro!, eres el Modigliani.

Ella sonrió de un modo casi imperceptible y te miró sin saber que te miraba:

—Entonces ¿valgo mucho?

—Ya lo creo.

Te hubiera gustado besarla. Ella lo supo, y permaneció con la cabeza inclinada.

Tú dudaste, aturdido por sus ojos cerrados. Cómo besarla sin estar seguro de que ella deseaba un beso. Mejor dárselo cuando te lo pidiera. No te lo pidió. Matilde aún esperaba todo de ti.

—Tengo que ir a ver a Ulises —dijiste.

Y la distancia entre los dos creció un poco más, hacia lo profundo, un poco más.

A partir de ese momento, cuando trabajabas, frente al cuadro de tu pintor favorito, veías a Matilde. Sentada en la silla, con la cabeza inclinada. Leías en voz alta para ella lo mejor de lo que hubieras escrito. Matilde te escuchaba en silencio desde la ausencia. Añadiste a tu mujer hermosa un nuevo valor, abandonaste la idea de que no podía leer tu obra porque sería incapaz de entenderla, y la transformaste en tu confidente. Un interlocutor mudo y extraño, clavado en la pared.

El despacho de Ulises se encontraba en la última planta de un moderno rascacielos acristalado. La vista de la ciudad desde los inmensos ventanales te llevó a pensar que no es extraño que determinada gente crea que tiene el mundo a sus pies. Si la miseria nos hace miserables, como habías creído siempre, qué hará con nosotros el poder —cavilabas, mientras te acercabas a Ulises—. Su mediana estatura se magnificaba en aquel entorno. Su sobrepeso se convertía en fortaleza. Sus ojos, pequeños y demasiado juntos, adquirían una proporción de sagacidad que no habías observado antes.

Ulises te esperaba con el director desde hacía rato.

—Lo siento, he llegado un poco tarde —te disculpaste.

—¿Otro accidente en un taxi? —replicó Ulises sonriendo.

—No, he venido dando un paseo —no le seguiste la broma—, y cuando he querido darme cuenta.

—No importa —te interrumpió Ulises—. No importa, en la espera hemos repasado sus notas. Adrián Noguera, Estanislao Valle —añadió a modo de rápida presentación—. Siéntense por favor.

El director te estrechó la mano. Estanislao Valle era una figura reconocida en el mundo del cine. Sus películas, aun huyendo del tono comercial, conseguían atrapar al gran público. Había comenzado en la profesión con el llamado en su tiempo «Arte y ensayo», y su trabajo conservaba un sello personal. Tú le admirabas, por sus premios en festivales internacionales, y nunca habías entendido el fracaso de su última película. La elección de aquel director suponía que Ulises confiaba en ti. Estanislao Valle era una vieja gloria que volvía a trabajar después de nueve años sin estrenar; y lo haría con tu guión.

—Su idea es arriesgada. Difícil. Pero interesante —te dijo—, muy interesante. Las dificultades que plantea suponen un reto para encontrar soluciones. Y a mí me encantan los retos.

Simpático, Estanislao Valle se te hizo simpático con la primera frase. El director sostenía una pipa apagada en la mano, mordisqueaba la boquilla; sus palabras resbalaban silbando desde la comisura de su boca y la pajarita anudada a su cuello se movía al ritmo que marcaba el movimiento de sus labios:

—Con su perspectiva se puede hacer un buen trabajo. Una buena película es un buen estímulo para hacerme volver.

—Hemos pensado —intervino Ulises— que sería bueno que Estanislao colaborase en el guión.

—Estupendo —contestaste sin pensarlo,

creyendo que sería una colaboración limitada y externa: lecturas, consultas, aprobación.

—Bien. Estaba seguro de que aceptaría, Noguera —dijo Ulises, demasiado satisfecho a tu parecer por algo tan natural—. Estanislao y usted escribirán juntos el guión. —A él le llamaba Estanislao, a ti Noguera—. Me he tomado la libertad de redactar un nuevo contrato. Por supuesto, las condiciones económicas no varían. —Extendió el documento sobre la mesa, y te ofreció su propia pluma sacándola del bolsillo de su chaqueta.

Firmaste. Qué otra cosa podías hacer. Tu simpatía inicial hacia el director se convirtió en recelo. Ya no aparecería tu nombre en solitario detrás de la palabra guión en los títulos de crédito.

En cada letra de tu nombre que garabateabas, sentías que te arrebataban una pequeña parte de tu idea; completaste tu nombre despacio, rubricaste, y aceptaste compartir la idea entera. Tu idea. La entregaste.

—¿Cómo está su esposa, Noguera? —te dijo Ulises mientras guardaba su pluma.

Y sin esperar tu respuesta añadió:

—Salúdela de mi parte. Por favor.

A continuación, Ulises os propuso que escribierais el guión en un cortijo que poseía junto al mar, una propiedad que heredó de su padre, muy cerca de Punta Algorba, la costa de moda que acogía a la intelectualidad y donde se celebraba todos los años un prestigioso festival de cine. Una zona tomada por pintores, escritores, cineastas, que habían acudido a la llamada de la inspiración, detrás del primero que se instaló allí. Tú siempre habías deseado ser uno de ellos. Algún día tendrías tu propio chalet, y sería otro el que te envidiaría a ti.

—Mi casa se llama «Aguamarina», tiene nombre de color azul, como su guión.

—Y como la piedra preferida de Molly Bloom —replicó Estanislao Valle. Tú le miraste en silencio, imaginando que su pajarita se podría echar a volar de un momento a otro—.

Me parece una idea estupenda. Conozco el cortijo, es ideal para la concentración, nadie nos molestará. Trabajando allí los dos juntos, podríamos acabarlo en un par de meses.

—Un lugar aislado. Un sitio tranquilo para trabajar. Lleve a su esposa, Noguera —te sorprendió que Ulises hiciera la invitación extensiva a tu esposa y no mencionase a la de Estanislao—, yo iré a verles. Tengo que asistir al estreno de la película de Fisher Arnid, podremos ir juntos.

Aceptaste, de nuevo sin consultar a Matilde.

La reacción de Matilde no te extrañó, la esperabas. Desde el momento en que le anunciaste el viaje empezó a quejarse, primero por no haberle consultado, después por abandonar su casa recién estrenada. Rincones recién descubiertos.

—¡Dos meses! ¿Por qué no puedes ir tú solo?

—Ulises insistió, no pude rechazar la invitación —mentiste—. Además, siempre hemos dicho que una de las ventajas de mi trabajo es que no tenemos que separarnos, que tú puedes estar a mi lado mientras escribo.

Inquieta. La veías inquieta. Revolver los armarios, los cajones, decidiendo qué ropa llevar. Excitada. Enfadada contigo. Nerviosa. La veías andar deprisa; olvidar el destino de sus pasos y regresar, recorriendo la casa de un lugar a otro. Nerviosa y triste. Nerviosa y alegre. Pero siempre nerviosa. Y a veces inmóvil, de pie, parada ante la puerta de tu estudio. Tú no te diste cuenta de que dudaba. Entrar, no entrar.

El miedo. El cortijo de Ulises. Tiempo. Oportunidad de estar a solas con él, a solas. Tiempo. Qué temía. Tú no se lo preguntaste. Tú nunca le pediste que te hablara de Ulises. Y cuando la veías ante tu puerta sonreías, vanidoso, suponiendo que te estaba observando. Y te hacías el interesante, al creer que te contemplaba trabajar. El Modigliani de pie frente a ti, con la cabeza inclinada y triste. Nunca la invitaste a pasar.

La víspera de vuestra partida, Ulises os invitó a cenar en su casa con Estanislao Valle y su esposa. Frente al espejo, Matilde se acicalaba con esmero. Tú no le habías dicho Ponte guapa. Pero ella se arregló, aunque no para ti.

Llegaste al cuarto de baño cuando perfilaba sus labios. La viste de espaldas, semiinclinada sobre el lavabo. Matilde no te vio. Un gran escote dejaba al descubierto su columna vertebral. Sus vértebras —pensaste— parecían un adorno que dividía su espalda; besarlas, una a una. Matilde se giró para coger la barra de labios, sus vértebras formaron una curva de cuentas palpables que arrancaba en la nuca, tocarlas, una a una. Y viste sus ojos sombreados, su mirada ciega, oscura, dirigirse hacia ti. Sin decirte nada, siguió arreglándose. El carmín se adhería a sus labios con una suavidad obscena. Rojo tierno. Rojo jugoso. Rojo. Un rojo cegador; luminoso y lascivo que hubieras querido robarle con tu boca.

—¿Me quieres? —se te escapó la pregunta. Se te escapó.

—Pues claro.

—Entonces déjame que te bese.

No pediste un beso. Pediste permiso para besar. Pediste permiso. En lugar de acercarte y ofrecerte a Matilde. En lugar de acercarte y que ella se ofreciera.

—Acabo de pintarme los labios —dijo por toda respuesta. Y se perfumó con el tapón de un pequeño frasco de esencia.

Matilde perfumada y radiante. Salió del cuarto de baño dejándote allí. El espejo te devolvió tu dolor en una mueca. El daño. Tu obsesión crecida: Cómo acercarte a Matilde.

La espalda de Matilde regresa para señalarte su huida.

Ella seguía a la doncella en la casa de Ulises. Y tú, detrás de los dos, caminabas con la impresión de que Matilde tenía prisa. Cuando se abrió la puerta del salón, tu productor se dirigió a tu esposa. Fue Ulises quien apresuró sus pasos cuando la vio entrar. Fue él quien caminó hacia ella, con las dos manos extendidas.

—Prometo no pedirle perdón nunca más —oíste que le decía mientras le estrechaba las manos—. ¿Me cree, Matilde?

—No sé.

Ulises se echó a reír. Ella se libró de sus manos y se apoyó en tu brazo. Matilde tímida. Ulises te saludó, efusivo y amable:

—¿Cómo está, Noguera? —Sin darte tiempo a contestar—. Estupendas las notas que me envió ayer. Estupendas —añadió.

Tú no le escuchabas, ¿por qué debía pedir perdón a Matilde? ¿Se lo había pedido alguna vez? ¿Por qué se lo había pedido? ¿Por qué debía dejar de pedírselo?

—¡Qué hermosa está! —le dijo.

—En su honor —replicó ella, aunque no hubiera querido decirlo.

Matilde coqueta. ¡Coqueta! ¿En su honor? Caminabais hacia el director y su mujer, que se levantaron del sofá al veros entrar. ¡En su honor! Ulises hizo las presentaciones.

La mujer del director se llamaba Estela.

—Estela, buen nombre para la esposa de un director de cine —bromeó Ulises.

Estanislao Valle y su mujer se encontraban

cómodos en aquel salón. Te diste cuenta en seguida. Pertenecían al mundo que tú querías alcanzar. Sabían moverse entre el lujo, sin asombro, conscientes de que les pertenecía por derecho.

No esperaron a que Ulises os invitara a sentaros, ellos mismos os hicieron un ademán mientras tomaban asiento. Sus copas vacías señalaban que llevaban allí bastante tiempo. Ulises debió de citarlos antes que a vosotros, cavilaste desconfiado, casi envidioso. A los pocos minutos de vuestra llegada, el tiempo justo para no faltar al protocolo, os anunciaron que la cena estaba servida.

Estela era una mujer pequeña, casi diminuta. Su media melena, lisa y rubia, le tapaba la mitad de las mejillas y dejaba asomar la punta superior de sus orejas. Su cara ovalada enmarcada por el cabello, como en una figura del renacimiento italiano, te sorprendió por su palidez. Envolvía la velocidad de sus movimientos con una elegante cadencia, y su registro de voz atiplado, estridente, le daba un contraste vulgar. Tú no dejabas de observarla. Si permanecía en silencio, te parecía un Botticelli en miniatura, y en el momento en que abría la boca, se transformaba en la prima donna de una mala opereta.

Estela era una mujer acostumbrada a acompañar a su marido, importante en los círculos importantes, y había sabido nutrirse como consorte de la importancia de él. Te impresionó su desenvoltura. Sabía manejar el barniz cultural con el que se adornaba, hacerlo brillar en el momento adecuado, demostrando que tonta, lo que se entiende por tonta, no era. Dominadora de situaciones, conseguía sin dificultad atraer la atención. Hábil sabiduría, centro del centro.

Intuitiva y perspicaz, a Estela no le pasó desapercibido tu interés por ella. Os sentaron juntos a la mesa; Matilde frente a ti, a su lado, Estanislao y presidiendo, Ulises.

La conversación partió de los orígenes brasileños de Estanislao y derivó hacia la cultura portuguesa. Estela se inclinaba mimosa sobre tu hombro mientras hablaba del sebastianismo de Fernando Pessoa. Sus conocimientos eran lo suficientemente amplios como para que no se notara que recordaba todo lo que sabía. Matilde la escuchaba en silencio y al oírla, le vino a la memoria aquella definición que oísteis juntos: La cultura es lo que queda después de haberlo olvidado todo.

La actitud seductora de Estela te asombró por su elegancia descarada, por la sutil complicidad que intentaba crear. Te miraba a los ojos con tanta ternura que tuviste que desviar la mirada, para no caer en su mimo con demasiada obviedad. Ocupado en ella, halagado por sus lisonjas, no advertiste que Estanislao Valle intentaba tocarle las piernas a Matilde por debajo de la mesa.

Estanislao practicó el arte de la seducción revestida del encanto de lo secreto —al contrario que su pareja que actuaba sin ocultarse—.

El director pasaba su brazo por el hombro de Matilde mientras acercaba su pierna a la de ella con notable intencionalidad y complacencia. Tú no te diste cuenta, pero Ulises miraba a Estanislao con recelo, y observaba la reacción de Matilde, su rigidez, su desconcierto.

—El sebastianismo de Pessoa es una idea demasiado romántica para una persona como él, ¿no le parece, Estanislao? —dijo Ulises para ayudar a Matilde.

El director retiró su brazo del hombro de tu esposa y deslizó con disimulo la mano bajo la mesa. Matilde se ruborizó de inmediato.

—La vuelta del rey don Sebastián es una metáfora —contestó Estanislao manteniendo la mano en la rodilla de Matilde—. Para Pessoa, es el regreso de la gloria a Portugal. La profecía de Bandarra se cumpliría con el advenimiento del Quinto Imperio.

—¿Cómo se encuentra, Matilde? —Ulises miraba a Estanislao cuando le hizo a tu mujer esa pregunta—. La noto un poco inquieta.

La mirada de Ulises hizo que la mano de Estanislao regresara a la mesa. Estela advirtió el movimiento, fijó sus ojos en los de su marido y dejó de coquetear contigo.

—¿Y a usted, querida, qué le parece el sebastianismo de Pessoa? —Estela se dirigía a Matilde, y ella sintió la pregunta como una agresión.

Tú viste que Matilde cogía aliento. Había asistido contigo, no hacía demasiado tiempo, a unas jornadas sobre poesía portuguesa. Allí, en uno de esos cenáculos de la cultura a los que acostumbrabas a llevarla, se habló del sebastianismo, y rogaste a los cielos que ella recordara algo.

—No conozco bien a Pessoa. Pero me gusta mucho la historia del rey don Sebastián. Me gusta el nombre de la batalla donde le matan, Qazalquivir.

—Alcazarquivir le corregiste tú, y quisiste continuar por ella—. Estoy de acuerdo en que la metáfora de.

Matilde te interrumpió, recuperó la palabra manteniendo la mirada de Estela.

—Eso, Alcazarquivir. Las murallas de Alcazarquivir. Es un nombre precioso. Me gusta el nombre, da para crear la historia. Un rey al que nadie ha visto morir. —Matilde había engolado su entonación, favoreciendo el contraste con la voz chillona de su oponente, y lanzaba su impostura contra Estela como quien lanza una piedra. Encendió un cigarrillo—. Un rey que muere tan joven; eso el pueblo no puede aceptarlo y crea el mito del regreso. El rey desaparece, para luego volver no se sabe cuándo.

Matilde elocuente. Respiraste aliviado.

Y ahora, al evocar la grandilocuencia de Matilde, ves la mirada ciega que te dirigió desde el espejo cuando se arreglaba para acudir a la cena; no se maquillaba el rostro, se pintaba la máscara para acompañarte a la representación.

La charla continuó con Matilde, no como mero figurante, en aquella ocasión tenía un papel, y tú la escuchaste con orgullo soltar su parlamento. Ignorabas entonces lo que descubres en este insomnio: que se burlaba de ti, de Estanislao y de Estela.

En cambio Ulises desentrañó la farsa íntima de Matilde desde que comenzó su verborrea, y respetó su actuación. Asistió en silencio a la comedia y tomó la réplica cuando ella dio por concluida la escena.

—Tomaremos el café en el salón —dijo.

Los ojos de Matilde se encontraron con los suyos, y ambos descubrieron en el otro la tristeza. Pero tú no lo viste.

No lo viste. No te extrañó que Estanislao buscara sentarse al lado de Matilde para tomar café. Ni advertiste el recelo de Estela, el especial cuidado en imponer su presencia y la forma en que llamaba a tu esposa: «querida», repitiendo la palabra detrás de cada frase, quitándole su sentido, cargándola de indiferencia.

Estela se sentó al borde del sofá, buscando una postura que no dejara sus piernas colgando, esforzándose en mantener los pies en el suelo. Se colocó a la derecha de Estanislao, que ya se había sentado junto a Matilde. Ulises y tú os acomodasteis frente ellos, cada uno en un sillón, de manera que el juego a cuatro manos, practicado por el matrimonio en la cena, quedó reducido a una vigilancia estrecha.

La proximidad de Estela consiguió que los intentos de seducción de su marido fueran bastante más discretos, un leve roce en el hombro al dirigirse a tu mujer; una mirada furtiva a su escote.

Ulises no dejó de buscar los ojos de Matilde, pero ella no le miró ni una sola vez. Tú no te diste cuenta. Discutías con Estanislao la mejor manera de viajar al cortijo.

—No quiero causarle ninguna molestia.

No deseabas causar molestias. Tú no tenías ningún medio de locomoción, ni siquiera habías sentido nunca la necesidad de sacarte el carnet de conducir. Pretendías ir en tren, como te desplazabas siempre, con Matilde, a pesar de que Estanislao se había ofrecido a llevaros en su automóvil. No te diste cuenta de que el director te contestó girándose hacia Matilde. No viste que tu mujer tenía los brazos cruzados y que Estanislao le cogió una mano, y la mantuvo cerca de su pecho mientras hablaba:

—Es absurdo que ustedes vayan en tren —su mano demasiado cerca del pecho de Matilde—. Tengo un coche muy grande, amplio y cómodo. Para mí no es ninguna molestia, todo lo contrario. Me aburre viajar solo. No admito su negativa, Noguera.

La esposa del director no aceptó la copa que Ulises ofreció después del café.

—Es mejor que nos marchemos, Estanislao. Estoy muy cansada.

Estanislao se levantó al instante y estrechó tu mano y la de Ulises. Al despedirse de Matilde, la besó en los labios con tanta naturalidad que a ella apenas le sorprendió; habría creído que era una costumbre brasileña si no llega a advertir el reproche en los ojos de Estela. Se marcharon después de invitaros a cenar en su casa cuando se terminara el guión. Prometisteis ir.

Matilde aprovechó el movimiento de las despedidas para pedirte que os retirarais también.

—¿No quiere beber algo, Matilde? —Como si fuera una súplica, Ulises repitió la pregunta—. ¿De verdad no quiere una copa, Matilde?

Matilde no le contestó. Se dirigió a ti:

—Es tarde.

Tú hubieras deseado quedarte. Los tres a solas. Aumentar vuestra intimidad con Ulises.

—Podríamos tomar una copa rápida.

—Es tarde, y todavía no he preparado el equipaje.

—Tendrás tiempo mañana, nos recogerán a las diez.

—Es tarde —repitió.

No quisiste insistir. No quisiste obligar a Matilde a quedarse.

SEGUNDA PARTE

Oye a quien responde en un murmullo:
necesitas una compañía ajena al universo,
explicar a lo invisible tus desgracias,
vivir la creación como tu propia naturaleza.

ADONIS

No estaba previsto que Estela acudiera a «Aguamarina», pero en el último momento, y sin
que tú sospecharas el porqué, decidió acompañar a su marido. Ulises llamó por teléfono
para comunicártelo. Tú te encontrabas en tu
estudio preparando los libros que querías llevar al cortijo. Matilde ultimaba detalles del
equipaje, fue ella quien descolgó el auricular.

—¿Lo ve? Yo no tenía por qué creer que no
volvería a pedirme disculpas —oíste que decía—. No, no. No se preocupe por eso, lo pasé
muy bien. —Tú dejaste lo que estabas haciendo, y permaneciste inmóvil para oír mejor. De
acuerdo —dijo después de un silencio larguísimo—, hablaremos de eso. Le paso con
Adrián.

Ulises te comunicó los cambios en los planes de viaje. Estela se unía a la aventura; y él también. El proyecto era demasiado importante, no le parecía oportuno limitar su presencia en «Aguamarina» a simples visitas.

—No quiero perderme la gestación de la criatura —te dijo riendo—, le prometo que no molestaré.

Palabras rápidas, un comunicado cortés. Su conversación con Matilde había durado más. «Hablaremos de eso», había dicho ella. Te hubiera gustado preguntarle qué era «eso» de lo que tenían que hablar. Pero no lo hiciste. Te limitaste a comentar que sería menos aburrida para ella la estancia en el cortijo con los dos acompañantes que se habían sumado al viaje.

Por su sorpresa, comprendiste que Ulises no le había dicho a ella que Estela y él irían con vosotros a Punta Algorba. Matilde cerró la maleta de un golpe seco al oír tus palabras.

—No soporto a esa mujer —dijo como excusa de su repentino mal humor.

Tú te echaste a reír. Interpretaste su reacción como un súbito ataque de celos. Matilde no era celosa. Asistió a las carantoñas que Estela te prodigaba divertida por la excentricidad de su juego. Divertida aún más por su incapacidad para soportar que su marido jugara a lo mismo.

—¿Estás celosa de Estela?

Matilde no contestó. No te había escuchado siquiera.

—Quien calla otorga.

Ella no pensaba en Estela. Le inquietaban los dos meses que tenía por delante. La convivencia con Ulises. Temía encontrarse de nuevo con su mirada, con su desasosiego ante el asedio de Estanislao, el que advirtió en su semblante la noche anterior. Matilde pensaba en Ulises. Y tú le volviste a decir:

—Quien calla otorga.

—Sí —te lanzó sin pensarlo—. Sí, sí —te dijo.

Y te llegó un mensaje equivocado, sin intención de mentir: Matilde estaba celosa.

A la hora convenida, las diez en punto, Estanislao y Estela acudieron a recogeros a la puerta de vuestra casa. Pocos minutos después y sin haberlo anunciado, apareció Ulises. Os disponíais a acomodaros en el automóvil de Estanislao cuando le visteis llegar, la sorpresa iluminó vuestros rostros.

—No sabía que usted viniera hoy. Me alegro, iba a ser eterno esperar su llegada en su propia casa. —Sin disimular su intención de halago, Estela le tendió la mano—. Me alegro de veras —añadió, y su voz estridente sonó como un mal canto.

—Bienvenido al club —bromeaste tú, pensando que era un detalle por su parte acudir a la puerta de tu casa.

—Vaya, haremos caravana —exclamó Estanislao como si anunciara un juego nuevo.

—Si están listos, podemos salir. Propongo que no hagamos parada si no es necesario. Llegaremos con el tiempo justo para tomar allí el aperitivo.

—De acuerdo —contestó Estanislao.

—Y usted, Matilde, ¿no se alegra de verme? —Ulises se dirigió a tu mujer con la mitad de una sonrisa.

—Sí —contestó ella con una sonrisa entera, y se miró la indumentaria. Se lamentó de haber escogido esos pantalones, cómodos para el viaje, aunque le habría sentado mejor una falda—. Me alegro de verle. —En el momento de decirlo descubrió que se alegraba realmente. Y su alegría la desconcertó.

Ulises abrió entonces la portezuela derecha de su deportivo rojo. Dirigiéndose a Matilde, sonriendo ya abiertamente, preguntó, como si os lo dijera a todos:

—¿No me dejarán viajar solo, verdad?

Matilde dio un paso hacia atrás y se agarró a tu mano.

—Vaya usted con él, querida —intervino Estela—. Nosotros cuidaremos de su esposo. —Y la empujó suavemente por la espalda hacia Ulises.

—Parece que Matilde desea viajar con su marido —replicó Estanislao—. Quizá sería mejor que fueras tú con Ulises, cariño. —Y enfatizó en la palabra *cariño* al dirigirse a su esposa.

Ulises, señalando su automóvil rojo, bromeó:

—¡Hela aquí: la manzana roja de la discordia!

—Matilde, querida, no sea tan posesiva —insistió Estela, y volvió a empujarla—. Déjenos disfrutar a los demás de la compañía de su esposo.

Tú notaste que Matilde te apretaba la mano. Y sentiste en la presión que repetía su mensaje de celos. Le diste un beso en la mejilla.

—Anda, no seas tonta —le susurraste, al tiempo que la empujabas también hacia Ulises. Con ternura.

Matilde te lanzó una mirada furtiva. Con desprecio. Ella subió al automóvil de Ulises, y tú al de Estanislao.

El coqueteo de Estela durante todo el trayecto hacia el cortijo, en presencia de su marido, te hizo sentir incómodo, pero no hiciste nada por evitarlo. Tú viajaste en el asiento delantero, junto a Estanislao, y Estela se colocó detrás de ti; para hablar se acercaba a tu respaldo y colocaba las manos en tu reposacabezas. Contestaste a sus requiebros con las mismas galanterías sutiles con las que ella te obsequiaba, con el mismo disimulo. Los celos que pretendías haber descubierto en Matilde te llevaron a favorecer el equívoco de la falsa conquista. Entonces no lo sabías, pero ahora lo sabes. Entraste en el juego. Provocaste a Estela para provocar a Matilde. Creaste una corriente de seducción con la meticulosidad de un relojero, empujado por lo que no había dejado de obsesionarte: recuperar a Matilde. Disfrutaste con tu estrategia, coqueto y feliz, tranquilo, pensando que Matilde viajaba con Ulises angustiada por ti.

Y con la misma tranquilidad escuchaste las palabras de Estela, sin entender su intención, concentrado en el movimiento de sus dedos buscando la piel de tu nuca bajo el cabello:

—Ulises tiene prisa por llegar. Ya no se ve su coche.

Te duele haberla perdido, tanto como ignorar por qué la perdiste. Por eso, en esta noche de insomnio, buscas lo que no sabes de ella. Tú prefieres saberlo todo. Las palabras que pronunció en tu ausencia, las que escuchó en el viaje hacia «Aguamarina», mientras el coqueteo de Estela se enredaba en ti.

—Matilde, cuando habla conmigo, del miedo de Penélope, por ejemplo, ¿también me está tomando el pelo? —le preguntó Ulises.

—¿Por qué me dice eso?

—La he descubierto.

—Siempre pretende haberme descubierto, Ulises.

Era la primera vez que pronunciaba su nombre. Y al hacerlo, abandonó la rigidez con la que había subido al automóvil.

—Dígalo otra vez.

—Que le diga qué.

—Mi nombre.

—¿Su nombre?

—Sí, mi nombre.

—Ulises.

Él sintió que las eses de Ulises resbalaban en la boca de Matilde, que acariciaban su lengua jugosa y tierna. Y Matilde volvió a decirlo.

—Ulises. —Ella supo el efecto que había provocado, lo repitió despacio, para arrepentirse en seguida y añadir—: ¿Por qué cree que me ha descubierto?

Entonces fue cuando Ulises pisó el acelerador del deportivo y escapó de Estanislao que le seguía de cerca. Matilde se volvió hacia el automóvil donde viajabas tú:

—Vamos a perderlos.

—No importa, Estanislao sabe llegar al cortijo. A él no le gusta correr, ganaremos más de media hora. Quiero enseñarle mi secreto.

La velocidad a la que puso el vehículo exigía la concentración de Ulises. Condujo sin dirigirse a Matilde, ajeno a los signos evidentes del pánico de su acompañante; su espalda apretada contra el respaldo, la cabeza inclinada hacia atrás, el cuello rígido, las manos aferradas al cinturón de seguridad, los ojos fijos en el cuentakilómetros.

Ante la puerta del caserón de «Aguamarina» encontrasteis a los guardeses. Habían oído el motor del automóvil de Estanislao y salieron a recibiros. No viste a Matilde, ni a Ulises, y te extrañó que no fueran ellos los que esperaban. Supusiste que estarían dentro, tomando el aperitivo anunciado por el anfitrión antes de salir.

El guardés se acercó a coger el equipaje, su mujer le ayudó. Estanislao y Estela se dirigieron a la entrada de la casa con las manos vacías. Aún quedaban maletas en el portaequipaje. Tú miraste a los cuatro sin saber qué hacer. Te decidiste por imitar a los huéspedes.

—El señor Ulises no ha venido otavía. Yo me llamo Pedro, y ésta, Aisha, estamos pa servirles.

Pedro se dirigió a vosotros soltando las maletas de un golpe en el suelo del zaguán. Su mujer, Aisha, bastante más delicada que él, dejó las que llevaba sobre un banco de madera y se acercó a Pedro, le tiró del borde de su chaleco a modo de reprensión:

—Pedro, cuidao —se dirigió depués a Estela—. El señor Ulises mi dijo prepara dos alcobas dobles. Dos parijas mi dijo vienen dos hombres con sus mujeras, ¿falta de venir una mujera o una parija, seniora? —A Estela le costó comprender que Aisha pedía una orientación para distribuir las habitaciones a los invitados.

—Aisha quiere saber si falta una señora o si sobra un señor —apostilló Pedro.

Tu llegada, sin Matilde, había desconcertado a la guardesa. Estela aclaró el enredo con desgana, fastidiada por tener que dar explicaciones a los sirvientes: Tu mujer vendría con Ulises.

—Los seniores mi acompanian por favor y Aisha ensenio alcobas que están arriba preparás y mi dicen maletas cuales son cada uno y Pedro y Aisha la subemos arriba, seniora —dijo Aisha, como si se tratara de un rezo aprendido, dirigiéndose siempre a Estela.

—¿De dónde eres? —le preguntó ella.

—De Marroco, seniora.

—¿De Marruecos?

—De Marroco, seniora.

Subiste inquieto las escaleras detrás de Aisha. Inquieto, ahora sí. Inquieto entraste a la habitación que te indicó, un amplio espacio decorado, como el resto de la casa, con una mezcla de mobiliario conforme a la estética moderna. Los muebles rústicos antiguos y los de diseño conseguían juntos una extraña armonía. Miraste la cama de matrimonio y aumentó tu inquietud. Matilde dormiría contigo. ¿Dónde estaban Ulises y Matilde? ¿Por qué tardaban tanto en llegar? La lógica te señalaba que ya deberían estar allí. El tiempo de su retraso alimentaba tu ansiedad.

Cuarenta y cinco minutos. Ulises había mirado el reloj cuando se aproximaba al cortijo y calculó que faltarían al menos cuarenta y cinco minutos para que vosotros llegarais. Tiempo suficiente.

Pedro y Aisha se encontraban en la casita de los guardeses, una pequeña vivienda aislada del edificio central. Aisha afeitaba a su marido para que el señor lo encontrara presentable. Utilizaba la maquinilla eléctrica que Ulises le había regalado, reservada para las grandes ocasiones. Las cosquillas que Pedro sentía en la cara les hacían reír a los dos.

—Si tú no eres quieto llega senior Ulises y ve pelo en cara, feo eso es. Y a mí no gusta. —Aisha le propinó una palmada sonora en el trasero.

—Pero adónde se ha visto cosa iguá. Ven aquí, morita, que te vas a enterá, que te voy a dá una zotaina pa arreglarte er cuerpo.

Aisha salió corriendo, y Pedro la persiguió por toda la casa sin intención de atraparla demasiado pronto.

—Enredaban los diablos cuando te conocí, reina mora, en qué estaría yo pensando. ¿Tú no tas enterao otavía que er macho es er que tiene que zurrá?

La algarabía que formaron con sus juegos les impidió oír el ruido del motor que se acercaba.

Matilde y Ulises habían llegado a la puerta principal de la casa, pero él no detuvo el automóvil. Disminuyó la velocidad y bordeó el edificio para tomar un camino de tierra. Un sendero arbolado y estrecho, flanqueado por arbustos tupidos que arañaban el deportivo rojo a su paso. Ulises aceleró, y los ramajes golpearon con violencia los laterales del coche.

—Cierre la ventanilla, Matilde. Podría golpearle una rama.

—Conduce demasiado deprisa —se atrevió por fin a decir ella.

—Normalmente voy a pie por este camino —replicó Ulises—, otro día lo haremos a pie, pero hoy no tenemos tiempo.

—Va a destrozar su coche.

—No se preocupe por el coche.

—¿Dónde me lleva? ¿No podríamos esperar a los demás?

—Tampoco se preocupe por los demás. No tema, regresaremos antes de que ellos lleguen.

—Pero ¿dónde me lleva?

—No tenga miedo, Matilde. No debe tener nunca miedo.

No era miedo lo que le rondaba a Matilde. Era algo que ella no sabía descifrar. Un cosquilleo efervescente. Una agitación extraña. Un impulso de huir y una voluntad de permanecer junto a Ulises. Una emoción eléctrica. Una rara ansiedad. El deseo de sentir, y de no hacerlo.

El camino acababa en una gran explanada rodeada de rocas al borde del mar. Ulises detuvo el automóvil y volvió a mirar el reloj. Siete minutos. Y otros siete para volver. Tenemos el tiempo justo.

—Quítese los zapatos —dijo mientras él se apresuraba a quitarse los suyos.

Matilde obedeció. Se liberó primero del cinturón que la ataba al respaldo. Abrió la portezuela buscando comodidad para desabrocharse las sandalias, tres tiras abrazaban los empeines de sus pies. Ulises ya se había descalzado, dio la vuelta al automóvil. La observaba, de pie frente a ella inclinada. Las manos de Matilde liberaban uno a uno los pequeños botoncillos de sus ojales. Sus pies desnudos se mostraron a los ojos de Ulises sin que ella lo viera.

—Vamos —le dijo tendiéndole una mano, sin dejar de mirarle los pies; ella los puso en el suelo, pero hubiera deseado ocultarlos.

Matilde aceptó la ayuda que le tendían para levantarse. Ulises tomó su mano, pero no la soltó cuando ella estuvo en pie. Comenzó a correr hacia las rocas con una alegría infantil. Arrastró a Matilde tras de sí, un chiquillo seguido de una chiquilla.

Tú viste llegar el deportivo rojo, desde la ventana del dormitorio. Apoyado en el alféizar, te inclinaste para verlos bajar del automóvil. Los guardeses se habían acercado a recibirlos. Matilde estrechó la mano de Pedro y le dio dos besos a Aisha. No hiciste intención de bajar. Esperaste a que le indicaran a tu mujer la habitación que os habían destinado y te sentaste en la cama.

—Es un cortijo precioso —te limitaste a decirle cuando entró.

Ella, por respuesta, te dijo que necesitaba ducharse:

—Me molesta la arena en los pies.

Tú no le preguntaste por qué tenía arena en los pies. Y ahora te lamentas de no haberlo preguntado. Continuaste sentado al borde de la cama, muy al borde.

—Es una casa preciosa, ¿verdad? —dijiste.

—Sí —contestó Matilde abriendo una maleta.

Te dijo que le molestaba la arena. ¿Por qué lo hizo? Piensas. Piensas. Quizá deseaba que le preguntaras, contarte lo que pasó, o lo que ella temía que pasara. A Matilde no le gustaba mentir. Si le hubieras preguntado —no preguntaste—, te habría contado por qué tenía arena en los pies. Ella no toleraba el engaño. No te mintió. Piensas. Piensas. Tengo arena en los pies, era pedirte que le evitaras la traición de amar a Ulises. Tú siempre le habías dicho que no soportabas la traición. Ella no podía soportarla. Matilde te lo habría contado si tú hubieras sido capaz de hacerle la pregunta exacta. ¿Te lo habría contado?

Quizá habría empezado por decir que siguió a Ulises por la playa con los pies descalzos. Y que corrían. Desde que bajó del automóvil no dejó de correr detrás de Ulises. Se paró cuando él lo hizo y se hincó de rodillas en la arena cuando él se arrodilló.

—Ya hemos llegado —dijo jadeante.

—¿Es éste su secreto? —Matilde también jadeaba.

—Mire. —Ulises señaló una roca—. Vamos a descansar un momento y se lo enseñaré. Ya casi hemos llegado. —Se desprendió de la mano de Matilde con una suave caricia—. ¡Abracadabra! —gritó.

—¡Abracadabra! —Matilde se sumó a su grito y los dos se echaron a reír.

A él le hubiera gustado que se abriera la roca, para Matilde. Comenzó a trepar invitándola a que lo hiciera también. Matilde se alegró de haberse vestido con pantalones y le siguió hasta una cueva horadada en la piedra.

La entrada a la gruta se encontraba semioculta por unos matorrales. Ulises no los apartó para entrar, se deslizó por el hueco que los separaba de la roca, y desde dentro le extendió la mano a Matilde.

—Sólo se puede entrar cuando la marea está baja. Le tengo cogido el tiempo a la marea. Vengo aquí desde que era un niño y nunca me ha pillado, aunque una vez estuvo casi a punto. —Ulises sonrió al recordar su travesura, pero no quiso aburrir a Matilde con ella y no acabó de contársela—. Éste es el secreto de mi abuelo, que se lo enseñó a mi padre, y él a mí. Yo no tengo hijos, no se lo he enseñado a nadie, pero voy a enseñárselo a usted.

—Entonces, soy como su hija —bromeó ella.

—No. No. Mi hija no —sorprendido por su tono, vehemente en exceso, Ulises procuró seguir hablando, disimular—, no soy tan mayor como para ser su padre. —Una torpeza, presumir de mediana edad, pensó—. Quizá podría ser mi ahijada. —No hay arreglo, qué palabra tan fea: ahijada—. Aunque mejor, dejemos las cosas como están.

Y como un niño que muestra a otro su tesoro escondido, sin ocultar su excitación, Ulises buscó una linterna en una hendidura de la roca, la encendió, dirigió el haz de luz hacia un rincón de la cueva que el sol no alcanzaba, y alumbró una caja metálica del tamaño de una maleta.

—Mi secreto —exclamó.

El metal devolvió un reflejo anaranjado. El brillo de la maleta en la oscuridad sorprendió a Matilde:

—¡Vaya!, y ¿qué hay dentro? —dijo corriendo hacia ella.

—Ábrala.

—¿Yo?

—Sí, usted.

Una colección de fotografías borrosas en color sepia, y daguerrotipos de diferentes tamaños, se amontonaban a la izquierda del interior de la caja. En el centro, varios cuadernos, apilados uno sobre otro. A la derecha, en desorden, un montón de libros. Matilde intentaba ver todo a un mismo tiempo, sin atreverse a tocar.

—Pero ¿qué es todo esto?

—Mi secreto. —Ulises se agachó junto a ella, emocionado por compartir una emoción—. Mire. —Iluminó una de las fotografías—. Cójala. —Matilde la cogió—. Mi abuelo era fotógrafo, se ganaba la vida, como muchos, cubriendo actos sociales, bodas, comuniones, ya sabe. Éstas son las fotografías malogradas, las que le hubiera gustado hacer bien y le salieron mal. Él encerró aquí sus frustraciones, no se las enseñó a nadie, excepto a su hijo. —Ulises tomó un cuaderno y se lo mostró a Matilde—. Mi padre era abogado, un hombre de letras, los cuadernos los escribió él, novelas, malas novelas que escondió junto a las fotos mediocres de su padre.

Matilde leyó la primera página del cuaderno que Ulises sostenía en la mano, una sola palabra, escrita a plumilla en caligrafía gótica: Hiel.

—Hiel.

—Hiel, su tercera novela. —Ulises la colocó sobre las otras, con cuidado, como si temiera romperla.

—¿Y los libros? —Matilde se lanzó a coger el que tenía más cerca.

—Mi frustración: los libros que nunca he podido leer. Los que me avergüenza no haber leído.

—¿Y por qué le avergüenza?

—Quizá porque no la conocía a usted.

Matilde buscó entre los libros, y encontró lo que buscaba: *Ulises,* de James Joyce. Sonrió, y volvió a dejarlo en la caja.

Ulises descubrió su sonrisa. Y sus labios, en la penumbra, se abrieron para él.

Llegaron a «Aguamarina» con el convencimiento de que no deberían haberse besado. Ninguno de los dos lo lamentó, pero ambos decidieron, sin decírselo al otro, que no volverían a hacerlo. Regresaron a la casa hablando del paisaje, del sol, de las rocas, del bosque, del mar. Ulises y Matilde acordaron así el olvido de un beso. Ese acuerdo fue el que impulsó a Matilde a decirte, cuando salió de la ducha y tú permanecías sentado al borde de la cama:

—Quiero irme de aquí.

Tú pensabas todavía en la arena de sus pies.

—¿Cómo?

Matilde refrenó su impulso de repetirlo, y no lo hizo. Tú no volviste a preguntar.

Aisha os anunció que el aperitivo estaba servido en el porche. Matilde se puso un vestido azul estampado con flores pequeñas. Sobre sus hombros desnudos reposaban unos finísimos tirantes, que, inservibles, resbalaron por su piel dando a su caída una provocadora indolencia.

Bajaste detrás de Matilde mirando su cabello rojizo, se lo había anudado en una trenza que le llegaba al comienzo del vestido y, al moverse en su espalda, se le colaba por el escote. Estanislao Valle se dirigió a tu mujer nada más verla, le dijo que le favorecía el peinado y aprovechó para tocarle el pelo. Ulises y Estela los miraron mientras tú mirabas a Estela.

—Es muy traviesa, se le mete por aquí. —Estanislao movía la trenza de Matilde acariciando con ella su espalda.

—Han tardado más que nosotros en llegar. —La voz metálica de Estela estalló en los oídos de Matilde—. Ulises conduce más rápido que Estanislao, ¿dónde se han metido, querida?

Matilde, por respuesta, se apartó de Estanislao y se dirigió a Ulises:

—Me ha gustado mucho el paisaje que me ha enseñado.

—Me alegro —replicó él mirándola a los ojos—. Me alegra muchísimo que lo haya visto.

—Ah, sí —dijiste tú—, el paisaje es precioso, deberíamos tenerlo en cuenta para los exteriores.

Zanjaste la cuestión, pero en tu mente resonaban las palabras de Matilde. Me molesta la arena en los pies. Quiero irme de aquí. Recuerdas el comentario que Estanislao añadió:

—La mezcla perfecta de lo escarpado de Ítaca y el verdor de Irlanda. ¿Qué le parece, Matilde?

Recuerdas. Las frases se mezclan en desorden. Me molesta la arena en los pies. El paisaje que me ha enseñado.

—No conozco Ítaca, ni Irlanda. Y no he leído *Ulises,* lo he intentado varias veces, no puedo leer más de diez páginas sin que me entre un sueño mortal.

—Hay gente que no se atreve a decir eso.

—La voz de Ulises se funde en tu recuerdo con la de Matilde.

—¿Por qué?

—Porque Joyce es un genio.

Recuerdas que Estela mencionó a Virginia Woolf. Me molesta la arena. Me alegra muchísimo que lo haya visto.

—La Woolf despreció el manuscrito de Joyce y se negó a publicarlo. No se preocupe, querida.

—No me preocupa en absoluto, querida.

Intentas poner orden en tu memoria, y recuperas a Matilde haciendo hincapié en la palabra querida, que pronunció separando las sílabas: que ri da.

Ahora es tiempo de que sepas que tu réplica aumentó el desprecio de Matilde hacia ti:

—Debemos disculpar a Matilde, no es fácil entender a Joyce —dijiste.

—No es fácil —intervino Ulises—, pero no creo que haya que disculpar a nadie por eso —sonrió a Matilde—. Yo lo he leído esta misma semana, y no por gusto, sino por exigencias del guión. Y no pido disculpas.

—Debe rescatarlo entonces del destierro —le contestó ella en voz baja.

Ves a Matilde acercándose a Ulises, contestándole apenas con un murmullo. Debe rescatarlo entonces del destierro. Y oyes a Estanislao al mismo tiempo:

—Es usted un hombre sagaz, Ulises.

Y a Estela añadir:

—Bueno, la Woolf también lo reconsideró, más tarde.

Eres incapaz de recordar cómo llegó Estela a hablar de las depresiones de Virginia Woolf. Por qué contó que la obligaban al reposo, y que el reposo la hacía engordar. Por qué relató con detalle el ambiente en el que vivía y la forma en que murió. Por qué enumeró a los componentes del grupo de Bloomsbury. Por qué se deleitó con la variedad de sus relaciones amorosas. ¿Por qué lo contó? ¿Para qué?

Pero no te preguntas ¿Para quién? Quizá por eso no sabes que desde ese momento Matilde detestó a Virginia Woolf. Se formó una imagen de la escritora sin haber leído sus libros, y decidió que no los leería nunca. Le bastó la admiración con que Estela se refería a «la Woolf» para sentir una antipatía profunda por ella. Virginia Woolf apareció ante los ojos de Matilde como una senorita privilegiada, histérica y gorda que se podía permitir el lujo de admitir que no le gustaba el *Ulises,* sin que nadie le dijera por ello No se preocupe, querida.

Las conversaciones se confunden con los días y con las horas, todo se confunde en «Aguamarina», las noches también. Sin Matilde. En la cama, en la misma cama los dos, la distancia entre ambos era más grande aún que en vuestro apartamento, donde os acostabais en habitaciones diferentes. En «Aguamarina», ella dormía a tu lado, tan cerca que podrías tocarla sin moverte apenas, y tú intentabas dormir, inmóvil, para no tocarla.

Te levantabas, agotado por tu parálisis voluntaria, y bajabas a desayunar sin que os hubierais dicho al despertar ni una sola palabra. Después del desayuno Matilde se marchaba a la playa con Estela y Ulises. Y tú y Estanislao os encerrabais en la biblioteca a trabajar. Os volvíais a reunir a la hora de la comida; tomabais juntos el café y en la tarde, vosotros regresabais al guión y los demás leían, escuchaban música, paseaban o jugaban a las cartas hasta la hora de cenar.

Matilde no soportaba la compañía de Estela, de manera que al quinto día de resistir sus chapoteos en el agua, bajó a desayunar con un libro de recetas y se excusó diciendo que no iría a bañarse porque le apetecía cocinar. Ulises no lo esperaba, pero fue rápido en buscar una excusa para evitar ir a la playa con la mujer de Estanislao. Dijo que debía resolver problemas burocráticos en la ciudad y desdeñó la insinuación de Estela:

—No conozco Punta Algorba.

—Hoy tienen la noche libre Pedro y Aisha. Si le parece, podríamos cenar todos en el paseo marítimo.

Deshecho el grupo. Estela se marchó sola a darse un baño. Ulises se sintió aliviado de la facilidad con que Matilde lo consiguió. Y tú recelaste de la libertad de movimiento que significó para ellos, de la búsqueda de oportunidades para encontrarse a solas que sospechaste en los dos. Una realidad que ambos desearon, y temieron.

—Quizá cuando regrese le apetezca acompañarnos, nos serán de utilidad sus opiniones acerca del guión —dijiste.

Ulises aceptó la invitación y tomó por costumbre trabajar con vosotros todas las mañanas. Resolviste así tus cavilaciones para todo el día, porque él y Matilde pasaban las tardes con Estela.

TERCERA PARTE

Mi tienda beduina es una esposa
tan suave como mis orillas,
que se contrae, se curva, se cimbrea.
Mas se cubrió de herrumbre: El resplandor
es peñasco sentado en el borde del rostro,
profeta de su propio llanto...

ADONIS

La primera mañana que Matilde se negó a ir a la playa con Estela, se dirigió a la cocina después de desayunar. Aisha se sorprendió al verla, porque hasta entonces ninguna invitada había traspasado su puerta, le gustó que le pidiera permiso para entrar y su sonrisa al darle las gracias, y le extrañó que una cocinera llevara un libro para guisar:

—¿Tú miras palabras y haces comida?, ¿todo junto, seniora?

Tu mujer nunca tuvo habilidades culinarias, su torpeza en el manejo de los utensilios y la sencillez con la que se burlaba de sí misma conmovieron a Aisha. La miraba preparar los ingredientes, consultando antes las recetas, pesándolos, colocándolos en el mostrador, y repasando luego las cantidades en el libro una y otra vez.

—Creo que se me olvida algo. —Matilde esbozaba una sonrisa y la guardesa sonreía con ella.

Aisha se divirtió con las reacciones de tu esposa desde el primer día. Y esa misma mañana ya compartieron las carcajadas, cuando su gata entró por la trampilla de la puerta que daba al jardín. Tu mujer no la había visto, la gata pasó a su lado y le rozó las piernas con el rabo. Matilde pegó un grito y el animal se escondió en la alacena.

—No asuste, seniora, es *Nigrita*. —Aisha buscó a su gata y la cogió en brazos—. Tú das miedo, ella susto tamién. Catita bunita no asuste, seniora Matilde buena. —Le acarició el lomo y la besó. La gata ronroneó contra el pecho de Aisha—. ¿Ves, seniora?, si tú carinio a *Nigrita, Nigrita* carinio a ti. Ven, toca.

—Es que me dan un poco de miedo los gatos.

—*Nigrita* hace no nada. Ven, toca a lo primero un poco pequenio. Tú más grande que gata y *Nigrita* no miedo a ti si tú toca. Ven, toca.

Aisha tomó la mano de Matilde y la pasó sobre el pelo suave y negro del animal. Negrita levantó la cabeza, Matilde dio un respingo y Aisha soltó una carcajada.

Trabajaron juntas, rieron juntas. Y a partir de entonces, Matilde acudió a la cocina cada día y pasó las horas hablando con Aisha y perdiéndole el miedo a su gata.

La confianza dio paso al cariño. Aisha descubrió que podía mantener con Matilde conversaciones de mujeres. Y Matilde descubrió el mundo de Aisha.

Aisha. Tú conociste su historia a través de Matilde. Tu esposa te contaba cada noche, con detalle, sus charlas matinales. Tú le pedías que te hablara de Aisha, tan sólo por escuchar a Matilde. Creías haber encontrado un tema que no os comprometía a ninguno. Y ella pensaba que lo hacías para participar de su intimidad. Y ahora te das cuenta —y ya es tarde— de que compartió contigo sus emociones sin que tú lo supieras. Y también las de Aisha.

La guardesa le contó a Matilde que salió de Marruecos con dieciséis años. Abandonó a su padre y a su madre, a sus hermanos, a sus tías y a sus amigas, y a pesar de que había pasado ya mucho tiempo ni un solo día había dejado de pensar en ellos.

Aisha llevaba siete años casada con Pedro. Se encontraron en una clase de alfabetización, ella había ido a aprender el idioma y Pedro a leer y a escribir. Los dos conocieron las letras a la vez, y a la vez supieron juntarlas para formar palabras.

—La vida empuje a Aisha a aprender, para papeles necisito espaniol.

Había solicitado la nacionalidad, y uno de los requisitos indispensables consistía en una entrevista con un juez que valoraría su nivel del idioma.

Cuando conoció al que sería su marido,

empezó a superar el dolor de un naufragio, y el pánico que la acompañaba desde que sobrevivió al hundimiento de una patera.

—Aisha no morí mi Munir sí morió.

Ella recuerda cómo su novio cayó al mar, sus ojos de espanto, la profunda tristeza que vio en ellos cuando supo que la miraba por última vez. Sueña todavía con esos ojos abiertos, muchas noches. Aisha se lanzó tras él para intentar salvarle. Ella viajaba abrazada a su bolsa de basura, donde llevaba ropa seca como único equipaje, y la soltó cuando lo vio caer.

—Todo lo mío en borsa plástico, no sitio, muchos hombres y mujeras en barca pequenia. Noche, muy noche, no luna, muy noche. Mucho aire. Olas más muy grande que barca. Aisha mucho miedo agarré borsa y vi hundirse Munir y tamién hundió y escapó borsa. Todo lo mío agua.

No sabe nada más, del mar recuerda el peso de sus ropas adheridas a su cuerpo, tirando de ella hacia el fondo.

Y al despertar, estaba seca. Aisha le contó a Matilde que abrió los ojos en una casa de acogida. Alguien la llevó allí, no sabe cómo, no sabe cuándo, no sabe quién.

Un olor a desinfectante la espabiló, y se encontró sola y pequeña en un antiguo hangar, adaptado a dormitorio de mujeres en un centro de ayuda al refugiado. Desde la litera contigua a la suya, una mujer la miraba. Farida. Supervi-viente de otro naufragio. Ella le dijo que los que llegaban en pateras se reunían en casas abandonadas. Allí se volvían a encontrar los que se habían dispersado en la carrera hacia la playa. Entre escombros se recibían noticias de los que no habían conseguido alcanzar la costa, de los que fueron detenidos al desembarcar; y también de los ahogados. Con Farida asistió por primera vez a un encuentro con inmigrantes ilegales, ella buscaba a su marido y a sus tres hijos, y Aisha buscaba a Munir.

Día tras día acudió Aisha a aquellas ruinas que aumentaban su desolación. Al principio esperaba encontrar a su novio, y después a alguien que lo hubiera visto morir; o alguno que hubiera visto a quien lo vio.

Aisha y Farida transformaron juntas el motivo de su búsqueda, primero esperaban hallar a los suyos, después necesitaron rastrear los cadáveres. El ánimo de verlos con vida desapareció poco a poco. Ambas convirtieron su inquietud en certeza al mismo tiempo, y compartieron idéntico desaliento: la ausencia de la confirmación de sus difuntos. Y se resignaron a que jamás volverían a ver a los que amaban, ni vivos ni muertos.

Aisha encontró en Farida el consuelo. La aliviaba con su ternura y con la forma que tenía de llamarla: Auisha, el diminutivo de su nombre que siempre había negado a los otros porque la hacían sentirse una niña pequeña. Juntas rezaban sus oraciones y juntas pasaban hambre en el Ramadán.

De Farida aprendió que debía mentir a la policía si le pedían los papeles. Fue ella quien le enseñó a adaptarse a su situación de ilegal. Tenía que darles un nombre falso, y decir que era argelina, para que no la expulsaran del país. Farida le enseñó a Aisha los trucos que había aprendido nada más llegar.

A las dos las detuvieron juntas. Pidieron un recurso de acogida, pero sólo una vez. Tuvieron suerte. Juntas acudieron al programa de alfabetización, y juntas conocieron a Pedro, y a Yunes.

Pedro se enamoró de Aisha nada más verla. Y Aisha se fue enamorando poco a poco.

—Aisha pena negra en alma. Tarda olvido.

Aisha consiguió la nacionalidad después de cinco años de trámites, cuando ya estaba casada con Pedro. Y Farida y Yunes no consiguieron papeles jamás.

—Guapo Yunes argelino moreno rizos en pelo. Farida enamora y casan antes Pedro y mí. Tú conoce algún día. Farida tamién guapa, grande pero guapa enamora a Yunes tamién.

Y Aisha le cuenta a Matilde —y después ella

te lo contaría a ti— que Yunes escapó de Argelia huyendo del integrismo, cuando un grupo parapolicial asesinó a su hermana Maryam, casada con un profesor universitario, embarazada de ocho meses. Le atravesaron el vientre antes de degollarla, para que no naciera otro intelectual. Y después, mataron a su marido.

Fugitivo a través de Marruecos, Yunes llegó a pie a Calamocarro, un miserable campamento a las afueras de Ceuta, y allí volvió a sentirse acosado, recluido en un lugar infecto, rechazado por los ciudadanos que prefieren ignorar la miseria que les viene de fuera, y obligan a los fugitivos a alzar sus propias murallas.

—A Yunes aprieta corazón en Calamocarro. País de él está en muy dentro de Yunes. Dice murallas pero no murallas, sólo canias y yerba hacen pared y cartones tamién donde vive. Mucho tarda venir en España a vivir y llora.

Matilde se había llevado las manos a la boca para reprimir un grito, cuando escuchó la historia de Maryam. Ahora se tapaba la cara.

—Yunes busca en ruina noticias pueblo suyo. Dicía que a veces más muy bien alguno veniera de allí. Farida, Yunes, Pedro y Aisha todas semanas primero todos estamos en ruina después menos.

Yunes convenció a las mujeres de que dejaran de buscar a sus muertos. Y las dos comenzaron a esperar noticias de los que habían dejado en Marruecos.

—¿Y nunca escribiste una carta?

—Aisha mucha culpa dentro. A lo primero pena madre de Munir, espero que aparece para no dicir que no aparece, después pena más grande escribir que muerto, después vergüenza no escribido antes.

Con Pedro, y con sus amigos Farida y Yunes, asistía a las reuniones periódicas en casas abandonadas. Ella no había perdido la esperanza de encontrar entre los recién llegados a algún familiar o conocido que le trajera noticias de su pueblo. Pedro quiso llevarla a Marruecos en más de una ocasión, pero ella se negó siempre, Aisha pensaba que la añoranza era un castigo y que los castigos deben cumplirse para limpiar el alma. Los intentos de su marido para que abandonara la dureza con la que se trataba a sí misma fueron siempre en vano, y la llevaba a Punta Algorba cada vez menos, para evitarle la desolación del regreso de una búsqueda inútil.

La intimidad, Matilde escuchó las confidencias de Aisha, y ella las de Matilde. Con Aisha verbalizó tu mujer sus temores. A ella le confesó que estaba perdiendo al hombre que amaba. A ella le dijo que te perdía, sin saber el porqué, pero que no se sentía culpable, como Aisha tampoco debía sentirse por la muerte de su novio.

Matilde le contó a Aisha tu historia, y a ti te contó la historia de Aisha. De noche, frente a la ventana de vuestro dormitorio, conmovida, emocionada, compartiendo contigo el insomnio. Y tú ahora, no puedes dormir.

No puedes dormir. Y pasas las noches sentado ante la reproducción del Modigliani que Matilde enmarcó para ti, recordando a Ulises, a Estanislao, a Estela, a Pedro y Aisha; a Yunes y Farida. Analizando el hecho que ves con claridad: la influencia que ejerció cada uno de ellos en Matilde, porque sabes que tu mujer comenzó a marcharse al tiempo que ellos comenzaron a llegar. Desmenuzando la historia, intentas reconstruirla con los detalles que puedes manejar. Soportando el sabor amargo de los datos que no conoces.

Sabes que Estanislao Valle comenzó a ausentarse del despacho cuando Matilde dejó de ir a la playa. Todas las mañanas abandonaba el trabajo durante cinco o diez minutos. Se ausentaba con una pequeña excusa, pequeña, para un período pequeño de tiempo, sin molestarse mucho en buscar: necesidades fisiológicas, tomar un poco de aire, algun objeto olvidado en su habitación. Pero no sabes que eran torpes intentos de encontrarse a solas con tu mujer, ni que Ulises lo sospechó en seguida y esperaba inquieto su regreso.

Matilde se dio cuenta de las intenciones de Estanislao la primera vez que lo vio entrar en la cocina. Ella untaba mantequilla con los dedos en el fondo de una flanera. *Negrita* se enredaba en sus pies. Aisha dejó de rayar limones y fue a coger a su gata para que Matilde no se asustara.

—¿Nicisitas algo el senior?

—Sí, por favor, un vaso de agua.

—Agua Aisha coloqué hielo tamién en el carrito de bibidas como siempre esta mañana, senior; o ¿olvidé?

Estanislao no respondió, se quedó absorto en las manos de Matilde, sus dedos resbalando en círculos, cremosos, acariciando el interior del molde. Matilde advirtió en su mirada su secreta lascivia. Se limpió en el delantal la mantequilla adherida a sus manos, sin lavárselas siquiera:

—Vamos, Estanislao. Le daré agua fresca.

Aisha se acercó a él, desconfiando de su posible despiste:

—¿Aisha olvidé agua senior?

Él se marchó sin contestar mientras Matilde le servía un vaso.

Cuando Estanislao regresó al despacho, propuso trabajar en la escena donde Leopold Bloom prepara el desayuno para Molly. Planteó que podríais darle un ambiente sensual. Tú aceptaste su propuesta y comenzaste a escribir, sin saber que Estanislao te lo pidió pensando en Matilde.

Secuencia 2
Interior/Día
Leopold-Molly-Gata negra.
Leopold unta de manteca el fondo de una

sartén para freír unos riñones. Los come con deleite. La gata ronronea, lustrosa y brillante, negra, pasea alrededor de la pata de la mesa haciendo sonar su cascabel. El sonido se funde a un tintineo de arandelas metálicas, de la cama de Molly, que espera su desayuno, semidesnuda. Tendida espera las tostadas que su marido unta de mantequilla en la cocina, una, dos, tres, despacio, la mantequilla se desprende del cuchillo y se adhiere cremosa al pan. Leopold deja el cuchillo, unta con los dedos la mantequilla que Molly se llevará a la boca, y se pasa la lengua por los labios.

Durante la comida, Estela quiso saber en qué secuencia habíais trabajado por la mañana. Preguntó a Estanislao. Y tú le contaste la escena delante de Matilde. Ella oyó de tus labios la sensualidad que pretendíais plantear; y se escandalizó al escucharte describir cómo Leopold Bloom untaba con los dedos la mantequilla. Se ruborizó, al escuchar a Estela:

—Genial, no es necesario dar más claves, Bertolucci ya usó la mantequilla como una referencia sexual.

En ese momento Aisha se disponía a servir el flan de limón que Matilde había preparado. Tú no supiste por qué Matilde se levantó mirando a Estanislao. Por qué le arrebató a Aisha el postre de las manos.

—Lo siento, Aisha. Perdónenme, acabo de recordar que no le puse azúcar, no podemos comerlo.

Se retiró con Aisha a la cocina y lo arrojó a la basura. No estaba dispuesta a que Estanislao llevara el flan a su boca. Ahora lo sabes.

Desde entonces, Matilde huyó al jardín por la puerta de la cocina siempre que llegaba Estanislao. Aisha entró en el juego, la avisaba cuando le oía acercarse y la rescataba de su escondite cuando ya se había marchado. Las dos mujeres se divertían con la torpeza del director.

—Corre, corre, seniorita, oigo pies en suelo de senior que pide agua y no bebe agua.

Matilde escapaba y *Negrita* se iba con ella. Cuando Aisha iba a buscarla, tu mujer regresaba con la gata en brazos.

—¿Ves? *Nigrita* carinio a ti. Aisha gusta que tú carinio a *Nigrita*.

Estanislao continuó yendo a buscar agua fresca y marchándose sin haber bebido, hasta que un día encontró a Estela a su regreso de la playa y abandonó sus excursiones.

—¿No estás trabajando, cariño?

—Vengo del baño —le contestó, señalando la puerta de la cocina.

—¿De qué baño?

—No, es que después he ido a beber agua. —Su turbación le delató.

—No mientas, Estanislao.

Había pasado más de un mes desde que llegasteis a «Aguamarina». Se mantenía entre vosotros un entente cordial que evitaba que surgieran los afectos. Tú continuaste respondiendo al coqueteo de Estela para provocar los celos de Matilde. Estanislao medía sus galanteos hacia ella, vigilado de cerca por su esposa, intimidado por las miradas de Ulises. Y él y Matilde reprimían su deseo de recordar un beso.

Tu mujer alimentaba el cariño de Aisha en sus conversaciones de cocina, a las que ambas permitían que se sumara Pedro, pero sólo de vez en cuando.

—Anda, Pedro, vete que seniora y Aisha hablan de mujeras y tú no entiende.

—Señora Matilde, tenga cuidao con ésta, que es mu mandona. Y aunque le parece chica es más grande de lo que parece.

A Matilde le gustaba escuchar a Pedro, le exigía mucha atención poder comprenderle, y el esfuerzo le valía después para entender mejor a Aisha, porque ella había aprendido a manejar el idioma con él.

—A mí me hizo que me hiciera musurmán, porque ésta no se casaba con un cristiano. Ven mal eso de casarse con un cristiano, ¿sabe? Y yo tuve que pasar por el aro, y pasé, claro que pasé, porque esta cosa tan chica me tenía sorbío el seso. Y otavía me lo tiene y son muchos años pa mayo. Pero el nombre no me lo cambió, no señora, el nombre que me dio mi madre no me lo cambian a mí tan fácilmente, aunque por casi lo consigue la morita y a lo primero de conocerla atendía yo por Butrus. —Pedro se quedó pensativo unos instantes—. ¿A usted le gusta Butrus, señora Matilde?

—La seniora y Aisha hablamos la mitad de una cosa que a ti no interesa, Pedro.

—Aisha, déjale que se quede un ratito.

—Seniora, tú sabe que Pedro tiene cabezota, se queda cuando quiere cuando no quiere no se queda pero Aisha no hablo de boda delante de Pedro.

Aisha siempre encontraba un tema del que no pudiera hablar delante de Pedro. Y él se marchaba refunfuñando.

—Butrus, Butrus, ésa no es manera de llamarse ninguno que tenga argo de conocimiento.

En el fondo, a Aisha le gustaba más conversar con Matilde, las dos solas. A ella le podía contar que no le molestaba que Pedro no hubiese arabizado su nombre. Aisha le llamó Butrus el día que lo conoció, porque le costaba mucho pronunciar Pedro, pero después aprendió, y como Butrus no era un nombre musulmán, sino la traducción del san Pedro cristiano, le daba igual llamarle Butrus que

Pedro. Y él siempre creyó que Aisha había cedido en algo.

Con Matilde podía lamentarse de las diferencias de sus bodas. La real, la que hizo con Pedro, y la imaginaria, la que podría haber celebrado con Munir en Esauira.

Si Aisha se hubiera casado en Esauira, su boda habría durado tres días. La fachada de su casa estaría adornada con bombillas de colores y dentro no dejarían de sonar las arbórbolas, el pandero y la gaita; toda la vecindad se enteraría de la fiesta. Fatma y Malika, sus dos tías más pequeñas, casi de su misma edad, habrían ido a su casa una semana antes y se habrían quedado a dormir con ella, como todas sus primas, las demás tías, sus hermanas, las amigas, las amigas de su madre y las vecinas. Las mujeres habrían llegado con sus maletas, alborotando, cantando arbórbolas desde el momento de traspasar el umbral y ver a Aisha. Entonarían canciones de boda mientras amasaran harina para las pastas de té, y gritarían el *uel uel* cada vez que apareciera la novia o se cruzaran con ella por la casa.

—Fatma y Malika persiguen a Aisha toda la casa para cantar todo el rato, si caso en Esauira. Siempre mucho reímos juntas siempre más amigas que tías de Aisha.

Aisha resplandecía al contar su boda en Esauira. Al imaginarla en voz alta se emocionaba de tal modo que parecía que la hubiera vivido realmente.

Los regalos del novio llegarían en bandejas, en procesión por la calle, acompañados de música y al descubierto, sin envolver en papel. Munir le habría enviado un cinturón de oro, ropa interior de nailon, y una caja de maderas de diferentes colores hecha con sus propias manos. El padre de Munir mandaría aceite, azúcar; harina, una jarra de miel, y un toro, para dar de comer a todos los familiares que acudieran a casa de la novia.

Su madre habría contratado a Salima para que embelleciera a Aisha, la misma mujer que había adornado a Malika y a Fatma. A ella le alquilaría los collares, los pendientes, unos aros enormes con colgantes de abalorios y flecos de oro, las pulseras, y una diadema jalonada de piedras brillantes que Aisha ceñiría en su frente, y que también sus tías alquilaron.

Salima le pintaría las manos y los pies con alheña, el primer día. Las mujeres amasarían los dulces y Aisha, vestida de blanco, con una túnica sencilla y un velo, miraría los dibujos finísimos que la alheña dejaba en sus manos, diferentes en cada palma, intentando aprendérselos para que fueran un regalo en su memoria. Con paciencia, soportando la postura incómoda, se abandonaría al frío de la alheña en su piel, sin dejar de mirar los dibujos florales y geométricos que parecían enfundarla en guantes de encaje.

Fatma y Malika habrían sido las encargadas de vendarle las manos y los pies con trapos blancos, cuando Salima hubiera acabado su trabajo. Aisha permanecería sentada y envuelta durante varias horas, hasta que la alhe- ña se secara. Y esa noche, alquilarían el ha- mam y lo convertirían en una fiesta exclusiva para las invitadas a la boda de Aisha, que la habrían acompañado cantando canciones y ar- bórbolas hacia el baño público, donde el agua arrastraría el barrillo negro de alheña y sus manos y sus pies aparecerían teñidos de fili- granas rojizas. Durante los quince días si- guientes, el tiempo aproximado que tarda en desaparecer el tinte, Aisha seguiría memori- zando cada línea dibujada en sus manos para que no se le borraran nunca.

Toda la vecindad se enteraría al verlas en procesión hacia el hamam, al escuchar los cantos de boda, de que la madre de Aisha ca- saba a su hija.

—Por si alguno no sabe con bombilias en casa de Aisha, y panderos y gaitas y *uel uel*.

—Aisha, nunca he oído una arbórbola. ¿Puedes gritarla para saber cómo suena? —le suplicó Matilde.

—Mala sombra si no es en fiesta, seniorita Matilde. Sólo en fiesta.

Aisha se negó a gritar, pese a la insistencia de Matilde.

—Sólo en fiesta. Contrimás, los seniores trabajan más muy cerca. Susto grande si Aisha *uel uel*.

Matilde no escuchó las arbórbolas, pero hablaba, al contarte la boda que Aisha imaginaba en Esauira, como si las hubiera escuchado. El sonido del *uel uel* que no has oído jamás se te cuela hasta el fondo. No puedes evitar el dolor. Matilde. Matilde, contándote la historia de Aisha, regresa, y te hiere.

—Explícame cómo suena una arbórbola, Aisha.

—Muy fuerte. El grito sale de garganta pero es lengua quien grita. —Aisha le mostró la lengua, en movimientos rápidos y mudos. Y continuó su relato.

El segundo día de la boda en Esauira, en casa de Aisha, se habría ofrecido un té con pastas, sólo para mujeres. Todas se habrían ataviado con sus mejores caftanes, y una orquestita, también de mujeres, tocaría en el patio y las haría bailar entre ellas. Quemarían incienso traído de la Meca, su perfume rebasaría las tapias y las azoteas, y anunciaría su boda a los que aún no se hubieran enterado. Las invitadas serían rociadas con agua de azahar en almarraxas de plata.

—¿Y qué es almarraxa?

—Un frasquito pequenio con pitorrilio largo, ven seniorita Matilde te enseño almarraxa Farida regala a boda de Aisha con Pedro. Guardo en alcoba de mí. Ven, seniorita.

Abandonaron la cocina y se dirigieron a la casa de los guardeses. Matilde siguió a Aisha, y la gata las siguió a las dos.

El dormitorio era una pequeña habitación ordenada y limpia. Aisha se arrodilló en el suelo frente a un arcón. Antes de abrirlo, se frotó las manos en el delantal.

—Mira seniorita Matilde almarraxa de Farida. —Aisha depositó en las manos de Matilde un pequeño frasco de metal labrado. Lo dejó sobre sus palmas extendidas, con mimo, con cuidado, después de haberle sacado brillo con el pañito de terciopelo en que lo guardaba—. Farida no mucho dinero no plata parece plata, Aisha limpia de vez en vez para que siempre brilia, ¿gusta?

Matilde mantuvo la almarraxa en sus manos abiertas, sin atreverse a tocarla, asintiendo con la cabeza, imaginando a Farida, tomándole cariño a través del objeto que ella escogió para Aisha.

—Este cofre pequenio regaló Yunes a Pedro y Aisha, incienso que sobra de boda para entierro guardo dentro. El senior Ulises regaló incienso de la Meca. —Aisha sacaba uno a uno los recuerdos del arcón y los iba dejando sobre la cama—. Y esta mantilia espaniola regalo tamién a mí el senior Ulises. Yunes y Farida y el senior Ulises y Pedro y Aisha solos en boda en «Aguamarina». Boda bunita pero no grande. Farida pintó pies y manos con pequenia jeringa. Incienso de la Meca arde en boda de Aisha y huele pueblo mío. Farida canta en boda de Aisha arbórbolas olor a Esauira. Boda bunita no grande pero bunita.

Aisha mostraba sus regalos de boda reales con la expresión iluminada con que antes había enumerado los imaginarios. Con idéntica ternura acariciaba los recuerdos que podía tocar y los que nunca había tenido.

—Boda bunita tamién si Aisha casado a Esauira a Munir el día segundo.

Matilde te contaba por las noches las historias que escuchaba por las mañanas, con el mismo detalle que Aisha se las relataba a ella, con la misma dulzura en su voz. Sentados los dos en las mecedoras de vuestro dormitorio, frente a la ventana, ella te hablaba hasta que te llegaba el sueño. Entonces te acostabas, Matilde se tendía a tu lado, y aún tú le pedías que siguiera hablando de Aisha, sabiendo que con ello aumentaban las palabras que podía decirte. La escuchabas en silencio y te quedabas dormido.

Arrullado por la voz de Matilde te dormías. Ella callaba entonces, y la siguiente noche le volvías a pedir que te hablara de Aisha. Matilde recuperaba la palabra, para ti, contenta de no haberlo perdido todo, y continuaba el relato de sus conversaciones en la cocina. Te miraba, balanceándose en la mecedora, y te sorprendía al cambiar el registro de su voz cuando imitaba la de Aisha.

—Y el día segundo, si Aisha caso a Munir, en Esauira...

Si Aisha se hubiera casado con Munir, en Esauira, el segundo día, a la caída del sol, las mujeres la habrían bajado al patio, la habrían acompañado con panderetas, panderos, arbórbolas, con canciones de boda, con fórmulas de bendiciones y felicidad. Y con velas encendidas entonarían la oración de las nupcias: «Rezos y Paz para ti Profeta de Dios. Nuestro Señor Mahoma.» Ella habría mantenido la mirada baja en señal de pureza. Siempre la mirada baja. Se habría dejado balancear sentada sobre una mesita redonda y achatada, a hombros de cuatro mujeres. Habría hecho esfuerzos por no llorar durante aquella danza. Se dejaría llevar por las mujeres, al ritmo de violines y panderos. Sentada la bailarían con canciones de bodas, rodeada de las llamas de las velas, envuelta en perfume a incienso, a azahar, a hierbabuena, en aroma a cera que se derrite. Habría hecho verdaderos esfuerzos por no llorar. Y pensaría en Munir, porque después de dos días de boda aún no habría visto a su novio. También se emocionaría Munir así, cuando los hombres lo bailaran a él de la misma forma.

Te hubiera gustado ver la expresión de Matilde, sentada en la cocina con *Negrita* acurrucada en su regazo, mientras escuchaba a Aisha.

Y al día siguiente, cerca de la medianoche, el novio, con los amigos más íntimos, iría a buscar a la novia. Aisha le esperaría engalanada, con un caftán brocado y verde, y los collares de Salima cayendo hasta su cintura. Un velo de gasa transparente, cuajado de pequeñas flores bordadas en hilos de seda, rojos, azules, blancos, amarillos, verdes, cubriría su cabeza.

La novia abandonaría su casa para acompañar al novio que le ofrecía la suya. A ella le hubiera gustado llegar a su nuevo hogar como su madre, en una especie de casita de madera policromada, con andas, a lomo de mulas, acompañada por músicos con panderos y gaitas. Pero se habría conformado con un automóvil, como exigen los tiempos modernos, y que Munir hubiera ido a recogerla tocando el claxon por toda la calle. Aisha habría visto sus ojos oscuros, su cabello rizado y negro, destacar en su atuendo blanco.

—Pedro tamién guapo, más raro en chilaba blanca grande, zaragüel grande blanco, babuchas tamién raro en pies de Pedro. Tarbuch grande tamién en cabeza de Pedro. Pedro se pone de marroquí para boda pero no parece marroquí en ropa de marroquí.

Chilaba blanca, zaragüelles blancos, chaleco y camisa blancos, todo bordado y blanco habría acudido Munir a buscar a Aisha para llevarla a su casa.

Para entregar a la novia la acompañarían los hombres de su familia, y para prepararla en su noche de bodas irían dos de sus tías.

En el umbral de la casa, la madre de Munir esperaría a Aisha y le ofrecería dátiles y un tazón de leche, como símbolo de fertilidad. Los hombres de las dos familias rezarían una oración con las manos abiertas a la altura del pecho y la cabeza inclinada hacia las palmas.

—¿Así? —Matilde juntó las manos.

—No, eso rezo cristiano, nosotros abrimos manos como si lavamos cara.

Como si se lavaran la cara, como si las manos fueran un libro, los hombres orarían por la felicidad de los novios. Y Aisha entraría en la casa de Munir con la mirada baja, acompañada de Fatma y Malika, que se quedarían a dormir allí para quitarle el caftán de novia, para vestirla con el camisón nupcial, y dejarla en manos de Munir. Él descubriría su cuerpo. Y al día siguiente, ella alzaría los ojos.

La madre de Munir ofrecería un té a las mujeres de las dos familias. Fatma y Malika vestirían a la novia con un caftán diferente al de la víspera y la adornarían de nuevo con los collares de Salima. Azafrán, caftán de color azafrán, bordado en oro, habría escogido Aisha para esa ceremonia. Tomaría el té con la mirada alta. Las mujeres de su familia se marcharían y Aisha se quedaría en casa de Muflir, para vivir con él.

—Mira, seniorita Matilde, ¿gusta? —Aisha

sacó del arcón un caftán azafrán y se lo acercó a su cuerpo—, ¿gusta?

Azafrán escogió Aisha para su boda con Pedro, Matilde insistió mucho cuando te lo contó:

—Azafrán, el color que hubiera escogido para el día siguiente a la noche de bodas con Munir, ¿te das cuenta?, ella se entregó primero a Munir, y después se casó con Pedro. Por eso no escogió el color verde para el vestido de su boda real, porque lo llevaba puesto en la que imaginó con Munir.

Matilde te describió a Aisha, luminosa, apoyándose el vestido en el pecho.

—¿Gusta? —volvió a repetir—. Toca, seniorita Matilde, toca. —Le acercó la mano a la seda—, ¿suave?

Aisha dejó el caftán sobre una silla después de que Matilde lo acariciara y volvió a buscar en el arcón. Sacó un tarbuch rojo con flecos cortos negros.

—¿Ves? Raro en cabeza de Pedro.

Después, Aisha extendió sobre la cama una chilaba blanca y la repasó con los dedos como si la planchara.

—Farida y Aisha mucho cosimos medida de Pedro grande mucho bordamos.

Miró a Matilde, y las dos sonrieron.

Después de comer os reuníais en el porche para la sobremesa. Un pequeño descanso antes de que Estanislao y tú regresarais al trabajo. El final de la velada lo marcaba Estela. Siempre de la misma forma: besaba a su marido en la mejilla, parpadeaba coqueta para ti, dirigía a Ulises una sonrisa, y le hablaba a Matilde:

—¿Qué le parece que hagamos hoy, querida?

En su manera de preguntar llevaba implícita su determinación de que el grupo no se deshiciera también por las tardes. Le dejaba escoger a Matilde, y se incluía en sus planes. Matilde proponía la actividad vespertina según su apetencia, un paseo por el campo, una visita a Punta Algorba, unas partidas de juegos de mesa, o escuchar algún disco en el gabinete de música, que era la mejor forma de mantener la boca cerrada, la propia, y también la de Estela.

Ulises y Matilde aprendieron pronto a disfrutar de las tardes con Estela, a gozar de su presencia impuesta. Supieron aprovechar la ventaja de su incómoda compañía: sentirse juntos sin verse abocados al deseo de estarlo más. Descubrieron para el otro un lenguaje de signos secretos, un código que elaboraron sin darse cuenta, y que entendieron desde un principio sin haberse revelado las claves. Y sin saber cómo, comenzaron a tutearse sin que Estela se incluyera en el tratamiento de tuteo.

—Mueve usted, querida.

—Ten cuidado, Matilde, la dama está en peligro.

—Va a perder, querida.

—La dama siempre está en peligro. Alguien me dijo una vez que éste es el juego de la elegancia. Sabré perder con elegancia, pero a lo mejor es que no me importa que la dama se pierda.

Los mensajes pasaban a través de Estela, la utilizaban como puente entre los dos. Las fichas en las damas, las piezas en el ajedrez, los naipes en las cartas, los árboles en el paisaje, o el mar en la distancia, cualquier excusa era buena para usarla como pasarela.

Una de esas tardes en que Ulises y Matilde jugaban a ser cómplices en secreto, se dieron una cita relacionando las palabras en desorden que habían formado con las letras que les tocaron en los dados. Estela compuso GRUTA, 37 puntos; Ulises escribió MAÑANA, 22 puntos; y Matilde le siguió con MEDIODÍA, 32 puntos. Gana Estela.

Sobre la mesa de juego quedó escrito el mensaje.

Estanislao y tú entrasteis al salón. Estela se levantó al veros. Ulises y Matilde se quedaron un momento mirando los dados, ninguno de los dos hizo ademán de guardarlos en el cubilete, como solían hacer. Ambos leyeron en voz baja, moviendo imperceptiblemente los labios.

Aisha anunció la cena y cuando os marchabais hacia el comedor, extrañada de que no hubieran recogido el juego, preguntó:

—¿Quieres senior Ulises que Aisha guarda cuadrados?

—No, Aisha, déjelo así, por favor —contestó.

Estanislao se sentó a la mesa frente a Matilde. Y también después de cenar, en la tertulia que hacíais en el salón, se sentó frente a ella. Matilde llevaba un vestido estrecho y al sentarse en el sofá, la falda se le subió dejando sus piernas bronceadas al descubierto. Estanislao la miraba más allá de los muslos buscando otras oscuridades. La gata de Aisha le dio la oportunidad de encontrar lo que buscaba. El animal entró al salón y se dirigió a tu esposa, ella abrió las piernas para inclinarse a cogerlo, y Estanislao pudo deleitarse imaginando el vello rojizo oculto por el triángulo de seda negra que llegó a ver entre sus piernas. Ella no vio la mirada de Estanislao, pero se dio cuenta de que su vestido resultaba demasiado corto, por eso la viste levantarse del sofá, y buscar un asiento más alto, tirando de su falda hacia abajo mientras cogía a la gata. Se sentó en una silla con *Negrita* en sus brazos y comenzó a acariciarla.

A Ulises no le pasaron desapercibidas las miradas de Estanislao, ni a Estela tampoco. Ella tomó asiento en el lugar que había dejado libre Matilde y te pidió que leyeras la escena que habíais escrito por la tarde. Su voz pretendía ser seductora, pero su esfuerzo rechinó como la tiza cuando resbala en la pizarra.

Secuencia nº 3
Exterior/tarde noche
Nausicaa-Gerty
Secuencia de miradas.
Las jóvenes juegan con los niños en la playa. Hay dos gemelos muy revoltosos.

Gerty (vestida de azul-ojos azules) le da una patada al balón mirando coqueta a Ulises-Leopold, vestido de negro. «Él la observaba como la serpiente observa a su víctima», en palabras de Joyce. Pero es ella quien le seduce con el movimiento de sus piernas. Un juego de miradas, al fondo el sonido de campanas. Miradas, más miradas. Fuegos artificiales de color azul. Todas las chicas, con los niños, corren hacia los fuegos de artificio. Excepto Gerty, que permanece sentada. Al fin solos. Gerty se reclina hacia atrás, sobre la arena, más atrás, sujetándose las rodillas. Más atrás, más miradas. Gerty separa las piernas, mueve el pelo, y enseña sin pudor las bragas blancas. Leopold la sigue mirando, y ella le sigue enseñando las bragas mientras mira al cielo. Un fogonazo azul.

—¡Gerty! ¡Gerty! —la llaman sus amigos para que se acerque.

Y él sabe que se llama Gerty. Ella regresa de su ensoñación y se encuentra con la mirada de Leopold que la sigue observando. Le saluda con el pañuelo, él recibe el olor de su perfume y recuerda un baile con Molly. Gerty se levanta, los dos se miran. Gerty echa a correr. Leopold descubre que es coja. (Hay que mostrar bien la cojera de Gerty, y la sorpresa morbosa de Leopold.) Leopold la sigue mirando mientras corre al encuentro de los demás. Ella no vuelve la cabeza hacia él. Sigue corriendo. Él la sigue mirando esperando que vuelva la cabeza.

—Mírame, tierna putita —susurra.

Sigue recordando el baile con Molly, el olor de su cuello, el beso que le dio en el hombro.

Un nuevo fogonazo azul. Todos miran al cielo. Excepto Gerty, que mira por fin a Leopold, y él la sigue mirando.

Estela había conseguido su objetivo: desviar la atención hacia ti, hacer que su marido dejara de mirar a tu esposa, y te preguntó por Nausicaa, cómo tomaría cuerpo en Gerty, para que siguieras hablando. Tú creíste que le interesaba realmente tu trabajo. Te disponías a contestar, pero fue Estanislao quien tomó la palabra:

—Ya hemos hablado bastante de Ulises en Irlanda. No hagas que aburramos más a Matilde, cariño, creo que hace tiempo que la hemos aburrido —dijo mordiendo su pipa.

—Oh, perdóneme, querida, olvidé que usted no ha leído el *Ulises*.

Estela se dirigió a Matilde con el desdén que lo hacía siempre, y le preguntó, por preguntarle algo, qué hacía todas las mañanas en la cocina. Ella le contestó que cocinar, y charlar con Aisha.

—Y ¿de qué habla con una criada, querida?

—De la vida.

—¿De la vida? —aventuró, esbozando una sonrisa que parecía de plástico, pretendiendo burlarse de ellas.

—Una persona que ha estado a punto de morir sabe bastante más que tú de la vida.

—A Estela se le plastificó definitivamente la sonrisa.

Te diste cuenta de que Matilde tuteó a Estela por primera vez, y de que no quiso mostrar con ello confianza, sino desprecio.

—No sabía que Aisha hubiera estado cerca de la muerte.

—Pues se le ahogó el novio. Y ella casi se ahoga también al intentar sacarlo del mar.

Matilde se levantó, dijo Buenas noches y se retiró. No quiso trivializar el drama de Aisha, convertirlo en una charla de salón. No quiso entretener a Estela.

Tu error fue conocer la historia. Y caíste en la trampa de contarla. Matilde te la había relatado con detalle, sobrecogida por la fuerza que le había transmitido aquella joven menuda y capaz; conmovida por la añoranza que expresaban sus ojos negros pintados de kohol; sacudida por la ternura maternal con que dominaba a Pedro, un marido que casi le doblaba la edad y el tamaño, un hombre rudo, destinado por su naturaleza a proteger, protegido amorosamente por ella. Matilde te había contado la historia para compartir contigo las emociones que sintió al escucharla de los labios de Aisha, en su media lengua mal aprendida. Para volver a emocionarse al contártela. Y cada noche te hablaba de Aisha hasta que te llegaba el sueño, aferrándose a la idea de que no lo habíais perdido todo. Y ahora te das cuenta, y ya es tarde.

Y fue tarde para ti desde el momento en que abriste la boca y comenzaste a hablar de Aisha para satisfacer la curiosidad de Estela. Y te das cuenta de que, al menos, podrías haber esperado a que Matilde saliera de la habitación, pero no lo hiciste. Comenzaste a hablar antes de que llegara a la puerta —ahora lo recuerdas muy bien—, comenzaste a hablar mirando la espalda de Matilde. Se alejaba cuando te oyó nombrar a Munir. Fue en su espalda donde notaste un estremecimiento.

La historia de Aisha. La contaste. Y a partir de aquella noche, Matilde se negó a mostrarte sus emociones.

Ulises se levantó cuando vio que tu mujer se marchaba. La siguió, y tú continuaste hablando sin advertirlo siquiera. Le contaste a Estela las bodas de Aisha, en presencia de Estanislao —a ella se lo contabas—. Y que Aisha había nacido en Esauira, una ciudad al sur de Marruecos. Le contaste cómo su familia la prometió en matrimonio nada más nacer, al hijo menor de una familia de ebanistas. Cómo ella se enamoró de Munir, el novio que le habían destinado, y cómo él se enamoró de ella. Su prometido se dejó seducir por las alharacas de Europa. Y Aisha le siguió en su seducción hasta una patera. Le contaste.

CUARTA PARTE

como si el día
fuera piedra que horadase la vida,
como si el día
fuera caravana de lágrimas.

ADONIS

Deberías estar más tranquilo, ahora que la realidad te ha alcanzado. Pero tú no sabes qué hacer con la realidad. Tú que prefieres saberlo todo, habrías preferido la sospecha de la infamia. Habrías preferido incluso descubrir una traición. Tú que siempre habías sostenido que no soportabas la traición. ¿Quién la soporta? Matilde, no. Matilde no te traicionó, y no puedes dolerte de ello. Sería más fácil si la encontraras culpable, si pudieras utilizar su culpa contra tu inocencia. Buscas su abandono en tu memoria, como si se tratara de un espejo, para reconocerte víctima.

Matilde te abandonó antes de que tú quisieras verlo; y cuando comenzaste a contarle a Estela la historia de Aisha, te dio la espalda para siempre.

Ulises la alcanzó cuando se disponía a subir las escaleras:

—No te vayas así. Toma una copa conmigo.

Ella aceptó, y le tendió la mano.

Caminaron hacia el gabinete de música, apreciando los dos el calor en la mano del otro. Sobre el tapete verde destacaba el marfil de los dados. GRUTA MAÑANA MEDIODÍA.

—¿Sigue en pie?

—Sí, necesito volver a esa cueva.

Era la primera vez que se encontraban a solas, desde que llegasteis a «Aguamarina». Desde que los dos se bajaron del automóvil de Ulises con la decisión de negarse a otro beso. Matilde deshizo el mensaje, reunió los dados y los depositó en las manos de Ulises:

—¿Quieres que juguemos?

—Sí.

Mientras tú contabas la historia de Aisha, ellos se intercambiaron palabras con el juego de azar.

Le tocaba jugar a Ulises, escribió MATILDE,

y Matilde contestó con ULISES, cuando Estela, Estanislao y tú entrasteis al saloncito.

Ulises repetía en voz alta el nombre de tu mujer. Tú lo viste en sus labios, y sentiste que lo perdías.

Estela se colgó a tu brazo y al de Estanislao; por su pequeña estatura, parecía ir en volandas entre los dos:

—Matilde, querida. —La estridencia de su voz al pronunciar el nombre de tu mujer chocó con la dulzura con la que Ulises lo retuvo en su boca—. La historia de la guardesa es realmente un drama emocionantísimo. He propuesto a estos caballeros que vayamos un día a la casa donde se reúnen los moros. —Ante la dureza de la mirada de Matilde, rectificó—. Perdón, el colectivo magrebí. Me gustaría conocer también a Farida y a Yunes.

—¿Qué le parece? —añadió Estanislao—, a mí esas reuniones me recuerdan a los primitivos cristianos, que se escondían en criptas para celebrar sus ritos. La congregación. ¿Qué le parece, Matilde, cree que Aisha querrá llevarnos?

Toda la indignación de Matilde se reflejó en su gesto: apretó los dientes y frunció el ceño antes de hablar:

—¿Pretenden que Aisha les lleve al circo?

—No se enfade, querida —contestó Estela—. La solidaridad empieza por la sensibilización.

—Ésas son palabras bonitas. ¿Conoces también la de *respeto*?

—Vamos, vamos, querida. —Estela se soltó de vosotros y buscó el brazo de Ulises—. Creo que es usted quien me está faltando al respeto.

Le falló la estrategia de atraerlo a su bando, de ponerlo en contra de Matilde, de dejarla sola ante los cuatro.

—Matilde tiene razón —le dijo, dándole palmaditas en la mano—. A usted tampoco le gustaría que un grupo como el nuestro la observara, ¿verdad, Estela?

180

Ella se zafó de Ulises, de las palmaditas que la convertían en una niña reprendida, instada a pedir perdón. Volvió a Estanislao, y lo encontró perplejo. La misma perplejidad la halló en tu reserva, porque tú aún no te habías pronunciado, seguías en silencio sin saber qué hacer ni qué decir. Resuelta a no dejarse abandonar por todos, recurrió a Matilde. Intentó haceros ver que tu mujer había creado el conflicto.

—Oh, querida, creo que ha sacado las cosas de quicio. Era sólo una idea, pero ya veo que si a usted no le apetece, a los demás tampoco. Vamos a dejarlo así. Será mejor que hagamos algo que a usted le guste, parece la mejor garantía para agradar a los hombres. —Estela forzó una sonrisa—. ¿Le apetece escuchar música, querida? —Sin darle tiempo a contestar, os preguntó a vosotros—: ¿Y a ustedes? —Y se dirigió al tocadiscos sin esperar tampoco vuestra respuesta.

Un vals ocupó el silencio. Estela se movió

al compás y entornó los ojos. Todos la mirasteis bailar sola. Tú te apiadaste de ella. Le pediste permiso para acompañarla. No percibiste la rabia con la que aceptó que abrazaras su cintura.

Matilde abandonó entonces el gabinete y se retiró a vuestra habitación. Cuando tú llegaste al dormitorio, ella fingía dormir.

La biblioteca era un espacio luminoso. Los libros estaban protegidos por cristales en cada una de las estanterías de madera de roble. Los reflejos del sol a mediodía obligaban a correr las cortinas para que no os deslumbrara la luz. Un rito que cumplía Ulises siempre a la misma hora. Pero Ulises se había excusado a las once y media, y se ausentó, de manera que fuiste tú quien se acercó en aquella ocasión al ventanal poco antes de las doce, y lo viste entrar en la cocina por la puerta del jardín.

Ulises se dirigió a Aisha, le dio cuatro invitaciones para la película de Fisher Arnld que se estrenaba en Punta Algorba por la noche:

—Las suyas, y las de Yunes y Farida, dígale a Pedro que tienen que llegar al Unión Royal media hora antes.

—Muchas gracia, senior Ulises.

—Ah, Aisha, dígale también a Pedro que avise a los demás, deben cambiar el lugar de sus reuniones.

Aisha no podía creer que haberle revelado a Matilde un secreto supusiera un peligro. Ulises siguió hablando al descubrir que había alarmado a las mujeres:

—No se asusten, es sólo que hay que tomar precauciones. Han cometido las dos una imprudencia. Aisha al contártelo a ti, Matilde. Y tú por contárselo a Adrián. La mayoría de los que acuden a la casa abandonada del paseo marítimo son inmigrantes ilegales. Sólo ellos deben saber dónde se reúnen, es la única forma de evitar riesgos innecesarios.

—Perdóname, Aisha. Se lo conté a mi marido.

—Seniorita Matilde no preocupes, Aisha todo tamién cuento al marido Pedro.

—Lo siento.

—Ahora digo a Pedro que senior Ulises dice a Aisha de cambio y problema ahora mismo arreglo. Seniorita Matilde, no pones esa cara de susto que asustas a mí.

Salieron los tres al jardín a un mismo tiempo. Tú ya habías corrido las cortinas, pero permaneciste apostado tras ellas, acechando por la rendija que dejaste abierta, un espacio suficiente para ver sin ser visto. Estanislao revolvía papeles en la mesa y no advirtió tu tardanza en regresar del ventanal.

Viste a Aisha caminar hacia la casita de los guardeses delante de su gata que la seguía, y observaste a Matilde y a Ulises hasta que desaparecieron por la parte trasera de la casa.

Tu mujer llevaba el vestido azul estampado de flores; lo último que pudiste divisar fue la mano de Ulises, subiendo un tirante del vestido de Matilde que había resbalado a su brazo desnudo, rozándole el hombro.

Sospechaste que irían a la playa. Tu sospecha era sólo una parte de la verdad, que ahora conoces entera.

—Tenía muchas ganas de hacer a pie este camino contigo —le dijo Ulises—, la primera vez te llevé demasiado deprisa. Caminaron hasta llegar a la arena. Despacio, en silencio, disfrutando de su soledad y del paseo.

Las ramas secas se enredaron en el vestido de Matilde al entrar en la gruta y le desgarraron la falda.

—Por favor, Ulises, no enciendas la linterna.

—¿No quieres ver qué le ha pasado a tu vestido?

—No.

Adaptaban sus ojos a la penumbra, parados uno frente al otro, cuando Matilde exclamó:

—¿Por qué tuviste que llamar a Adrián para hacer esta película?

—Por su ambición.

—¿Por su ambición?

—Sí, por su ambición, y por la mía.

—¿Y adónde va a llevarnos vuestra ambición?

Matilde se mantenía al borde del grito, controlando el tono de su voz:

—¿Adónde? —volvió a preguntar.

Ulises se alegró de que el sol no entrara hasta el fondo de la cueva. Matilde no pudo ver su vergüenza. Sólo oyó su voz apagada:

—No voy a hacer esa película.

Se lo dijo a Matilde antes que a ti, antes que a Estanislao, incluso antes de decírselo a sí mismo, su decisión llegó a sus labios antes de tomarla siquiera.

—No voy a hacer esa película —repitió para Matilde, para sí, en voz decidida y alta.

—¿Y el guión?

—Lo guardaré en aquella caja. Hay películas que no llegan a hacerse nunca. Hablaré mañana con Adrián y Estanislao.

Pero no pudo esperar al día siguiente, esa misma noche, después del estreno en Punta Algorba, en comisaría, mientras esperabais para prestar declaración, os dijo que abandonaba el proyecto. Pensaste que el motivo era la desgracia que acababa de ocurrir, y no le preguntaste siquiera el porqué de su renuncia.

Matilde vislumbraba el rostro de Ulises, buscó sus ojos, su expresión la desconcertó.

—¿Te encuentras bien?

—Mejor que nunca.

Ella no se atrevió a decir que se encontraba peor que nunca. Pensaba en ti, en Estela, en Estanislao.

—Quiero irme de Aguamarina.

—Nos iremos.

Pensaba en la intimidad traicionada de Aisha.

—Necesito gritar —dijo apretando los puños.

—Pues grita, aquí nadie podrá oírte.

El grito de Matilde retumbó en los muros de roca. Un alarido. Una queja. Por su boca abierta escapaba de golpe todo su desasosiego. Ella sentía en los labios el roce de su aullido al salir.

Ulises la escuchaba sin alarmarse, buscó sus manos y encontró sus puños cerrados. Matilde abrió los dedos y los entrelazó a los de Ulises, apretaron los dos y él comenzó también a gritar.

Sus bocas se acercaron para unirse en el grito, para compartirlo de cerca. El grito les llevó al silencio, y los labios al beso.

Se abrazaron, con la misma energía con la que habían gritado; se buscaron, con la misma intensidad con la que hasta entonces se habían negado. La urgencia escapó de sus cuerpos, y se entregaron, recuperando el grito para lanzarse su amor, mezclando palabras soeces con arrullos, con peticiones obscenas y tiernas.

—Quiero irme de «Aguamarina».

—Nos iremos. —Ulises atrajo a Matilde hacia sí, para que siguiera mordiéndole el hombro—. Ven aquí. —Para que siguiera arañándole el pecho.

El vestíbulo del Unión Royal se llenó de caras conocidas. Actores, actrices, productores, guionistas y directores, se mezclaban con críticos, periodistas y literatos. Fotógrafos y cámaras de televisión corrían de un lado a otro persiguiendo con sus objetivos a las celebridades. La mirada de los curiosos que se arremolinaban a la entrada, agolpados contra las puertas de cristal que les cerraban el paso, convertía a los espectadores invitados al estreno en el propio espectáculo.

Los protagonistas llegaron con Fisher Arnld, al menos con media hora de retraso. Su aparición provocó una algarabía hollywoodiense. Las quinceañeras, que habían respetado hasta entonces la alfombra roja extendida en la calle, la invadieron para acercarse a ellos. Federico Celada intentaba proteger a Andrea Rollán del asedio de sus fans, al tiempo que se defendía de las manos que intentaban tocarle, sin perder la sonrisa, hizo un gesto enérgico a los de seguridad cuando sintió que le arrancaban un botón de la chaqueta. Consiguieron por fin llegar a la entrada en medio del griterío de los admiradores, envueltos por las espaldas de los gorilas.

Ulises charlaba con Estanislao y Estela. Fisher Arnld se dirigió a él nada más verlo, le saludó como a un viejo amigo, también Federico le estrechó la mano con efusividad, y Andrea le dio un abrazo y un beso. Todos los objetivos de las cámaras, todas las miradas, se dirigieron al lugar donde se encontraban. Tú soltaste el brazo de Matilde, y te arrimaste a ellos. Ulises te vio llegar al grupo y buscó a Matilde con la mirada. Tú no lo viste, pero ella os observaba. Vio cómo Estanislao te presentaba a Fisher y cómo Estela miraba fascinada el vestido de Andrea. Ulises le indicó con un gesto que se acercara, Matilde negó con la cabeza, sonrió y se dio la vuelta.

Andrea Rollán, Federico Celada y Fisher Arnld se despidieron de ti, de Estanislao y de Estela, en el momento en que Ulises se despidió de ellos para ir en busca de tu mujer.

—Nos veremos después de la proyección —les había dicho cuando Matilde se negó a unirse a vosotros, sin dejar de mirarla.

En un rincón apartado, junto al bar, Aisha, Pedro, Yunes y Farida, ataviados con sus mejores galas, se divertían señalando a cada famoso que reconocían. Habían llegado los primeros al Unión Royal. Se colocaron ante la puerta cerrada, cada uno con su tarjetón en la mano, formando los cuatro una fila india durante más de media hora. El remolino que se formó a su alrededor. según fueron llegando los invitados, les obligó a deshacer su orden. Se juntaron los cuatro, y Pedro se quedó el último para proteger a los demás de los empujones. Defendieron su lugar, y cuando abrieron la puerta, entraron los primeros. Buscaron el mejor sitio, para poder observar la entrada, y escogieron el rincón junto al bar, que les ofrecía una panorámica perfecta para no perderse ningún detalle. Matilde caminaba en dirección al grupo cuando sintió que alguien la cogía por los hombros.

—Ven. —Era Ulises quien le hablaba al oído.

Sus manos en su piel desnuda. Sus labios rozando su oído. Era una caricia. Era un beso. Y tú lo viste, y también lo vio Estela, y Estanislao. Y Aisha y Pedro, que habían comenzado a caminar al encuentro de Matilde, también lo vieron. Y todos te miraron después de haberlo visto, y tú miraste al suelo. Como el día anterior, cuando Matilde regresó con el vestido roto, y tú no le preguntaste por qué, miraste al suelo, y viste que llevaba arena en los pies y tampoco le preguntaste por qué.

Lo recuerdas ahora, y quisieras llorar. Pero no puedes llorar, sólo puedes mirar a Matilde en el Modigliani que ella enmarcó para ti, y añorarla, aguantar el dolor, aprender a soportarlo, porque te duele el cuerpo y no entiendes nada. Quisieras llorar, u odiarla, mejor odiarla. Y no puedes llorar. Y no puedes odiarla.

Aunque veas el desprecio en sus ojos, su mirada vuelta hacia ti cuando entraba en la sala de proyección del brazo de Ulises, no puedes odiarla. La amas, más que nunca la amas. La recuerdas hermosa, vestida de negro, caminando delante de ti, el chal blanco resbalando en su espalda, su nuca despejada, su cabello rojizo sujeto en un moño, el pasador de plata. Vuestro primer aniversario. Tus labios en sus labios. Y otros labios. Otra boca abriéndose para ella. Otra piel, tibia contra su piel. Una entrega ajena a ti, que te sitúa a distancia de Matilde, que te obliga a reconocer que Matilde no era tuya, que te lleva a tener que imaginarla. Lejos de ti. Ausente de ti. Amar sin ti.

Mostrarse sin ti. Desnudarse sin ti. Descubrirse ante otros ojos. Mirar otro cuerpo desnudo, sin ti. Otros dedos deshaciendo su peinado.

No puedes odiarla. Aunque sientas que su actitud provocó en Estela una ofensiva compasión, miserable y triunfante, hacia ti, hacia Estanislao:

—Cambio de pareja. Estanislao, cariño, ¿no te importa que yo entre del brazo de Adrián, verdad?

Matilde se sentó junto a Ulises y tú a su lado, seguido de Estela, que se colocó al borde de la butaca en un nuevo y torpe intento de que los pies le llegaran al suelo, y Estanislao se acomodó en el asiento contiguo.

Durante la proyección, le cogiste la mano a Matilde varias veces, y ella la soltó siempre. No recuerdas nada de la película, sólo sus dedos resbalando de los tuyos en la oscuridad.

El público comenzó a aplaudir cuando se fijó en pantalla el último fotograma, antes incluso de que las notas de un aria de Puccini marcaran la apoteosis final y aparecieran los títulos de crédito. Nadie escuchó Nessun dorma. Excepto tú, Nessun dorma llegó a tus oídos como una revelación —ahora también lo escuchas—. Un foco iluminó al equipo artístico. La intensidad de los aplausos aumentó y los actores principales del reparto, el director y el guionista, se levantaron para recibir de pie los agasajos. Después vinieron más saludos, esta vez también felicitaciones. Tú cogiste la mano de Matilde y no dejaste que ella la soltara, dispuesto a no separarte de ella.

Tu mujer había entrado a la sala del brazo de Ulises pero saldría de tu mano. Aún era tuya. Dispuesto a negarte a que la habías perdido, la sacaste al vestíbulo. Permanecisteis en silencio, juntos, sin saludar a nadie, y sin que nadie se acercara a saludaros. Estela y Estanislao se movían de un sitio a otro, prodigando besos y abrazos, y pidiendo opinión sobre la película, atentos siempre al parecer ajeno antes de exponer el propio, sin riesgo. Todo apariencia. Actuaban calculando la importancia del interlocutor para darle la razón o refutar sus argumentos y sobre todo, a la hora de ensañarse en la crítica o exagerar las alabanzas.

Ulises tardaba en salir, notaste que Matilde le esperaba.

—Suéltame, Adrián.

Tú no querías soltarla, apretaste más su mano, no querías perderla.

—Me estás haciendo daño.

Matilde tiró de su mano, la desprendió de ti y huyó en busca de Ulises. La miraste, se abría paso entre el gentío pidiendo perdón y adelantando un hombro. Antes de llegar a la sala tropezó con Aisha, que venía seguida de su grupo acompañando a Ulises.

—Seniorita Matilde, Aisha busco a ti presento Farida y Yunes tamién mucho ganas de conocer seniorita guapa de «Aguamarina».

Yunes y Farida inclinaron la cabeza a modo de saludo. Matilde les tendió la mano, ellos se la estrecharon y después se acercaron la suya a los labios. Matilde les imitó, y se llevó los dedos a la boca como si sellara el saludo con un beso. En ese momento aparecieron Estanislao y Estela.

—Vaya, querida, ¿es que no va a presentarme a sus amigos magrebíes?

Matilde no contestó, miraba a Ulises, que llevaba en la mano la tarjeta que os habían entregado a todos a cambio de la entrada. «El equipo técnico-artístico de la película le invita a una copa al término de la proyección en la Almazara de los duques de Arcona.»

Tú llegaste a tiempo de escuchar las indicaciones que Ulises le daba a Estanislao:

—La Almazara de los duques de Arcona, al final del paseo marítimo. Pedro sabe ir, pueden seguirle. Yo iré después, tengo que esperar a Fisher.

—¡Esos moritos también están invitados a la fiesta! —te susurró Estela—, ¿no le parece extravagante?

A ti no te parecía nada, sólo pensabas en Matilde, en que Ulises llegaría tarde, en que quizá podrías recuperarla.

Ulises hizo ademán de marcharse, Aisha lo detuvo después de que Yunes y Farida le hablaran al oído.

—Muy bunita pilícula senior Ulises gracias. Yunes y Farida gracias tamién a ti.

No, no te parecía una extravagancia. Recuerdas la ternura que Aisha ponía siempre en cada una de sus palabras. La recuerdas ahora, en este insomnio, su gesto, sus manos menudas buscando hacia atrás las de sus amigos. Aisha se acercó a Ulises flanqueada por Yunes y Farida, que habían delegado en ella porque era la que hablaba mejor.

—Senior Ulises, ¿puedes que Aisha, Yunes y Farida hablan a muchachitos de pilícula? Gustara mucho a nosotros. Y a Pedro. ¿Puedes?

—Claro que sí, Aisha, en la fiesta se los presentaré. Nos veremos allí.

No, la invitación de Ulises no tenía nada que ver con la extravagancia, ahora lo ves con claridad, y lo viste entonces, en el cariño profundo con que Ulises habló a Aisha. Los invitó por cariño, y se arrepentiría siempre de haberlo hecho, porque quizá, si no hubieran asistido a la fiesta, podría haberse evitado la tragedia.

Conservas un recuerdo claro del día del entierro, que se oscurece en la mirada de Matilde, o en la del Modigliani que ella enmarcó para ti, y que te mira sin verte. Cuánta inquietud en un rostro que siempre te había parecido sereno. Cuántas preguntas. Y quieres contestarlas ahora, cuando sabes que ya es tarde.

Ulises caminaba en el cementerio unos pasos por delante de ti. Abatido miraba hacia el suelo. Qué había visto Matilde en esa apariencia tosca, en su fisonomía vulgar. Qué vio en sus ojos pequeños, hundidos y achinados sobre su nariz negroide. Qué vio. En sus manos grandes. En sus dedos anchos y cortos, quizá torpes. Qué vio. Le observas, él saca de su bolsillo un pañuelo. Y tú sigues buscando una respuesta.

No puedes acusar a Matilde de traición. Te dejó una carta, la que reposa en tu escritorio. La carta que tocas mientras miras el cuadro, la que te niegas a leer de nuevo para evitar los sentimientos que te provocó la primera vez que la leíste.

Querido Adrián; hubieras deseado quedarte con eso, Querido Adrián: querido, pero sabes que es mera fórmula. «*Hemos tenido tiempo suficiente para conocernos, y nunca nos hemos conocido,* tú te habías enamorado de ella sin conocerla, desde el mismo instante en que la viste, hermosa. La amaste porque era hermosa. No habías necesitado conocerla para amarla. *Durante el tiempo que hemos estado juntos,* era una despedida, lo supiste en el momento en que te entregó el sobre y te pidió que lo abrieses cuando ella no estuviera presente, *he vivido a tu lado, pero no contigo. No quiero buscar un culpable, yo pensaba que amarte era estar a tu lado, tú me amabas para tenerme junto a ti, ¿y no era eso amor?, ¿no se había quejado* siempre Matilde cuando tú le anunciabas una ausencia por motivos de trabajo?, ¿qué quería decir?, *eso ya no me vale, y ahora te desprecio, por no haberme amado más allá, y me desprecio a mí misma, por no haber comprendido antes lo que buscabas en mí: complacencia.* Te desprecio, seguías sin entender nada, ¿complacencia?, Matilde siempre había estado dispuesta a complacerte, *He reconocido tu disfraz, y el mío. Los disfraces sirven para confundir a los demás, pero deben engañarnos también a nosotros si quieren ser eficaces. Yo ya no me engaño. Nuestro amor ha sido siempre una palabra, un sonido que se pierde en el aire.* Pero qué clase de carta te había escrito Matilde. Esta mujer ha leído demasiado últimamente, y no está preparada. *Te desprecio, y por eso debo marcharme, porque me avergüenzo ante ti.*

Matilde.»

Recuerdas la furia con la que arrugaste el papel. Cómo podía despreciarte Matilde. Cómo podía escribir así. Cómo podía decirte adiós de aquella manera. Cómo pudo entregarte la carta después de hacer las maletas ante tus ojos atónitos, separando sus cosas de las tuyas, justo después de asistir a un entierro. Cómo pudo hacerlo.

—Léela cuando me haya ido, por favor —te dijo, y cargó con una sola maleta, la suya.

Bajaste las escaleras con el papel apretado entre tus dedos. Necesitabas una explicación. Tenías derecho a una explicación. Exigirías una explicación. Bajaste las escaleras corriendo.

Matilde había subido ya al deportivo rojo de Ulises, te vio llegar con la carta en la mano. Dejó la portezuela abierta al verte avanzar hacia ella. Su mirada dirigida hacia el papel arrugado hizo que te encontraras más vulnerable que nunca, te llevó a detenerte, a que te sintieras descubierto, y al instante, te quedaste clavado, miraste a Ulises, y guardaste deprisa la carta en el bolsillo de tu chaqueta, como quien esconde una herida inconfesable. Y ella cerró la puerta.

Venciste tu parálisis y te acercaste a Matilde:

—Tenemos que hablar.

—No. Ya no —te dijo, acariciando la gata de Aisha.

QUINTA PARTE

Un tiempo agoniza y desde el alba
unos corceles desbocados
esbozan la imagen antigua
de mis amigos perdidos
en las riberas desoladas,
en el confin de los desiertos.

ADONIS

El amanecer mezcla en ti palabras de tu guión con frases que atribuyes a Penélope. El rostro de Estela se confunde con el de Estanislao, y oyes llorar a Ulises y a Matilde. Aisha viene hacia ti, con Pedro. Yunes y Farida te miran desde lejos. La Aurora con sus rosáceos dedos intenta cerrarte los ojos. Ahora podrías dormir, pero no quieres. Andrea Rollán recibe en la cara los disparos luminosos de los flashes, y eres tú quien se deslumbra. Habría hecho una buena Penélope en tu Ulises. Aunque quizá es demasiado joven. Tus párpados. Intentas fijar la vista. Federico Celada atiende también a la prensa con una sonrisa. Hermosos, los dos. El Modigliani que Matilde enmarcó para ti se desdibuja, se aleja. Federico estaría bien de

Telémaco, demasiado mayor, puede ser, el maquillaje de Otelo le envejece, no, no tiene cara de Telémaco, tiene cara de Otelo moro y moreno. Matilde huye de ti, huye también de Estela, y de Estanislao. Hay huidas que requieren un lugar donde esconderse, le hiciste decir a Penélope. Su refugio fue el manto mortuorio de Laertes, mientras tejía, mientras destejía. Estela, Estanislao, iguales, sus nombres empiezan con las mismas letras, tres. Nausicaa, hija de reyes, princesita feacia que lava sus vestidos a la orilla del río y ordena a sus esclavas de hermosas trenzas cubrir la desnudez de Ulises náufrago. Sí, Andrea Rollán, hermosa Nausicaa escogiendo su mejor manto del carro, ofreciéndolo en sus níveos brazos extendidos, ofreciéndose, como Gerty en la playa, enamorada del recién llegado. Tus párpados. Tus pestañas, estás viendo tus pestañas tapar el papel blanco de la carta de Matilde. Apoyas los codos en la mesa y te ayudas con los dedos a abrirte los ojos. No quieres dormir. Necesitas recordar la fiesta. Reflexionar. Nessun dorma. Nessun dorma. Questa notte nessun dorma.

Qué hiciste que no deberías haber hecho. Qué dejaste de hacer. Crees que Matilde se marchó de tu lado el día del entierro. Pero no sabes que llevó la carta en su bolso al Unión Royal. Que la había escrito la víspera, al regresar de la cueva, después de tomar un baño, y de liberarse de la arena de los pies. Mientras se bañaba decidió el momento adecuado para su huida: el día siguiente del estreno. Llevaba la carta en el bolso para decírselo a sí misma. Pensaba entregártela al acabar la noche, pero la llevó guardada durante tres días, y la recibiste la mañana del entierro porque esa noche no acabó para ella hasta entonces, tres días duró esa madrugada terrible que ahora recuerdas. El amanecer que no llegó a «Aguamarina». La noche que se enredó en la playa, después de que abandonarais la Almazara de los duques de Arcona.

En la fiesta, viste a Matilde hablar con Ulises. Él escuchaba y asentía con la cabeza. Matilde estaba contigo cuando lo vio entrar, y corrió hacia él. Tú quisiste seguirla, pero Estela te cogió del brazo:

—Mire, Noguera, ahí están los moritos. ¿Ve lo que le decía? Son peces fuera del agua.

—Pero ellas son peces de colores —apuntó Estanislao, embelesado con la transformación de Aisha, mordisqueando distraídamente su pipa apagada.

—¡Hazme el favor; no caigas en la ridiculez de ponerte poético con el servicio!

Tu atención la acaparaba Matilde. Ahora era Ulises quien hablaba, y Matilde movía la cabeza para negar. No apreciaste la crispación de Estanislao, ni tampoco los intentos de Estela por dulcificar su acritud:

—Te engañan sus vestidos, cariño. Puede que en Marruecos sean bonitos, pero aquí resultan extravagantes, ¿no te parece?

Tú mirabas a Matilde, y viste cómo Aisha

se acercaba a Ulises. Entonces registraste las palabras de Estela, y entendiste el embeleso de Estanislao. Aisha se deslizaba luminosa entre la gente, como un destello irresistible, y cada persona que dejaba atrás se volvía para mirarla. No era extraño que Estela recelara de su belleza, que envidiara la naturalidad de su encanto, la magia que desprendía su exotismo involuntario, su vestido color azafrán, la gracia con que paseaba sus babuchas por el salón repleto de mujeres calzadas con tacones altos.

—Seniorita Matilde está bunita.

—Tú sí que estás bonita, Aisha, estás preciosa con ese vestido.

—¿Tú acuerdas que en alcoba de mí enseño caftán este mismo, seniorita Matilde? ¿Acuerdas?

—Sí, claro que me acuerdo. Tu caftán de boda. Es más bonito todavía cuando lo llevas puesto.

—Es verdad que está muy guapa, Aisha. Es un honor que haya escogido su vestido de boda para esta ocasión. Muchas gracias —intervino Ulises.

—Honor es a mí, senior Ulises. ¿Puedes ahora conocemos a muchachitos pilícula?

Ulises le indicó el salón VIP, se reuniría con ellos en seguida. Necesitaba seguir hablando con Matilde.

—Es sólo un momento, Aisha. Vaya a buscar a los demás y nos veremos allí.

Ulises y Matilde quedaron de nuevo solos. Querrían haberse dicho muchas cosas. Matilde ya le había mencionado la carta, le había comunicado su decisión de abandonar Aguamarina, de abandonarte a ti. Se lo dijo a él antes que a ti. Y Ulises le había rogado que te hablara, que no se despidiera con una carta. Querrían haber hablado de asuntos más tiernos, más dulces. Recordar los besos. La cueva. Verbalizar su amor para sentirlo cerca. Mirar hacia el futuro los dos juntos. Pero no les fue posible, porque Estela se acercó a ellos de inmediato al ver que Ulises señalaba el reservado, donde acababa de ver entrar a Fisher Arnld con Federico Celada y Andrea Rollán. Estanislao y tú seguisteis a Estela. Aisha sonrió al pasar a vuestro lado cuando regresaba a buscar a Pedro y a sus amigos. Estela ni siquiera la miró, casi corría en dirección a Ulises.

—Esto es una fiesta, querida. No se ponga tan seria —le dijo a Matilde.

—Íbamos ahora mismo a ver a Federico y a Andrea —terció Ulises—, ¿quieren venir?

Aisha, Pedro, Yunes y Farida llegaron antes que vosotros al salón VIP. Un joven uniformado les impidió el paso:

—Aquí no hay nadie. Este salón está cerrado —les dijo.

—Senior Ulises dice a mí entramos nosotros.

—Está cerrado.

—No ostante, sin en cambio, nos han endicado que esperemos ahí adentro, y por demás hemos visto de entrar a unas personas —Pedro se esforzó en encontrar palabras educadas.

—Este salón está cerrado.

Los cuatro se miraron sin disimular su desconcierto y esperaron a Ulises.

—Estos señores vienen conmigo —dijo él al llegar.

Y el joven uniformado abrió la puerta.

Hay huidas que exigen un lugar donde esconderse. Federico Celada y Andrea Rollán lo encontraron en el salón VIP. Habían logrado escapar de las entrevistas, de los focos; de los cinéfilos; de los aficionados que se cuelan en los estrenos con su guión bajo el brazo; de los compañeros de profesión que no soportan el éxito ajeno, de los que se sienten agredidos por el aplauso que no les pertenece, de los que culpan al mundo de que su teléfono deje de sonar; de los que saben venderse bien, productores y directores que se acercan buscando trabajo. Habían escapado de los críticos, que siempre van juntos, que tienen por costumbre no saludar, que apenas se les ve, que son la distancia, del temor que provoca su pretendida imparcialidad. Y escaparon también de los grupos de «entendidos» que se forman en las fiestas, y que aspiran, todos y cada uno, a incorporar a una estrella en su centro.

Federico y Andrea habían logrado alejar la necesidad de huir rodeándose de gente normal, protegiéndose con la normalidad de los amigos íntimos que no se acercan al glamour para que les ilumine su brillo. Esperaban en el reservado, junto a los componentes del equipo de rodaje, a que pasara un tiempo prudencial para marcharse sin que se advirtiera que se habían ido. Andrea vio entrar a Ulises y le ofreció una copa:

—Hemos organizado una fiesta en la playa. ¿Quieres venir?

—¿En la playa?

—Sí. Federico ha traído música de Fez. Extenderemos una gran alfombra y miraremos las estrellas.

—Una alfombra mágica para una noche de las mil y una. La estrella de celuloide volará en una alfombra mirando las estrellas de verdad. ¿Necesitas otra película, Andrea?

—Si no te conociera pensaría que te ríes de mí.

—Te equivocas, me estoy riendo de ti, pero no lo haría si no me conocieras.

—Pues no hagas bromas difíciles. Y no te rías de mí, chistoso. —Andrea se apoyó cariñosa en su hombro—. ¿Quieres venir?

—Vengo muy acompañado —contestó él.

—No importa, que se vengan todos.

Estela, situada de modo estratégico junto a Ulises, aceptó la invitación. Se dirigió a Andrea como si se tratara de una íntima amiga:

—Claro que iremos, será una fiesta preciosa. —La miró de arriba abajo—. Ese bolso lo llevabas en el último estreno, ¿verdad? Te lo vi en una revista. ¿Es de Versace? —Andrea miró a Ulises levantando levemente los hombros, achinando los ojos y arrugando la nariz—. De Versace. Sí —se contestó a sí misma dándole la vuelta al bolso que colgaba del hombro de Andrea—. Y el vestido, ¿de quién es?

—Es mío —contestó la actriz sin disimular su fastidio—, y el bolso también es mío. ¿Nos conocemos?

—Claro, querida, nos presentaron antes, en el vestíbulo del Unión Royal.

—¡Ah!

—Ven, quiero presentarte a alguien —intervino Ulises, cogiendo a Andrea de la mano. La llevó junto a Matilde. Estela los siguió.

—A Estanislao Valle y a Adrián Noguera te los presenté también antes del estreno —le recordó al acercarse a vosotros.

—Estás preciosa, Andrea. Preciosa —le dijo Estanislao.

Y tú cometiste la torpeza de pronunciar una de las frases que más le molestaba escuchar:

—A ver si trabajamos juntos pronto.

—Da mala suerte mencionar la palabra trabajo en una fiesta —te contestó Andrea.

—¿Ah, sí?

El temor de que su refugio había sido descubierto, invadido, causó en Andrea una sensación de nervios. Cuando Ulises le presentó a Matilde, su discreción la tranquilizó; y el encanto de Aisha y los suyos le devolvió por completo la calma.

—Seniorita Disdímona, ¿tú no duele en cuello por marido?

—No, mujer, no, si eso es el cine. Aunque por casi yo tamién me lo creo, ¡eh! —Pedro se quedó mirando a Andrea fijamente y añadió—: Me se figura a mí que usted está más guapa al natural.

El vestido de Andrea, de un blanco luminoso, se ajustaba a su cuerpo. Dos aberturas dejaban ver la piel de sus caderas y sus costados. Andrea levantó el brazo para colocarse la cadena del bolso, y Aisha temió que se le viera el pecho.

—Vestido bunito blanco como novia bunita, pero abujero quien te hace no sabe medida buena, mucho grande. —Se acercó a ella, cómplice—. Mueve poco brazo arriba, seniorita, por casi veo todo y todo el mundo.

La risa de Andrea se confunde en tu insomnio con los gritos de Aisha. Con la frase que escuchaste antes que el grito. ¡Buena caza! ¡Buena caza!

—¿Quieren venir a una fiesta en la playa? —les preguntó Andrea.

Aisha miró a Pedro, para buscar en sus ojos la respuesta. Estela, después de observar el interés que Aisha despertaba en Andrea, intervino para convencerlos de que acudieran a la playa:

—Oh, sí, vengan con nosotros, no lo piensen más, será una fiesta preciosa, miraremos las estrellas tumbados en la arena.

—Y tenemos música de Marruecos. Anda, sí, vente Aisha —añadió Andrea, acompañando su insistencia con una enorme sonrisa.

—¿Farida y Yunes tamién nosotros vienen, seniorita?

—Sí, claro que sí.

Farida y Yunes, que se habían quedado detrás de Aisha y de Pedro, se acercaron al escuchar sus nombres.

—Mira Farida ven conoce a muchachita de pilícula. Ésta es. —Aisha se volvió hacia su amiga y le habló al oído—. Digo nombre tuyo verdadero y Yunes ¿o nombre que tú das policía?

—¿Amigos senior Ulises? —preguntó Farida.

—Sí, amigos invitan fiesta ti y Yunes.

—Nombre verdadero —dijo orgullosa Farida.

Andrea estrechó la mano de Farida, y después la de Yunes. Ellos terminaron de nuevo su saludo llevándose la mano a la boca. Viste la fascinación en los ojos de la actriz, la ingenua emoción que traslucían al mirar a Farida y a Aisha, te recordó el candor de los niños cuando escuchan los cuentos de príncipes y princesas.

—Me encantaría que vinieran también a la fiesta de la playa.

¡A la caza! ¡A la caza! ¡Vamos a limpiar la playa! Confusión. Carreras. Sangre. La voz de Aisha, su cadencia, resuena en las últimas palabras que oíste de sus labios al preguntar a Andrea:

—¿Con vestidos bunitos fiesta en playa? ¿O cambia?

Con su vestido de boda acudió Aisha a la fiesta de la playa. Temía mancharlo, por eso se quedó en un banco del paseo marítimo, junto a Farida.

La intendencia corrió a cargo del equipo técnico, habían llevado a la playa dos grandes cestas de mimbre con las vituallas, sin olvidar las copas de cristal, y cava frío para brindar por el éxito. El elenco de actores se encargó de la escenografía. Desplegaron una gran alfombra, muy cerca de la orilla del mar; y colocaron en el centro un equipo de música. Rodearon la alfombra de pequeñas luminarias, consiguiendo un efecto de círculo de fuego que nadie que no estuviera invitado se atrevería a franquear. La brisa marina impedía que las llamas se mantuvieran encendidas por mucho tiempo, y Andrea Rollán se divertía volviéndolas a prender con un mechero que se le resistía. Matilde la ayudaba con el suyo, que se apagaba también, y ambas reían.

Tú contemplabas a Matilde. Hacía tiempo que no la oías reír. Las llamitas alumbraban su espalda, los reflejos se entretenían en sus vértebras, resbalaban en dibujos de sombras y luces, sinuosos, lentos. Y sentiste deseos de tocarla. Pero no lo hiciste. Ulises, detrás de ti, también le miraba la espalda.

—¿Dónde está Aisha? —preguntó Andrea.

—Ella y Farida han preferido quedarse en el paseo. Me ha pedido que te dé las gracias por invitarlas —contestó Matilde.

—Pero ¿no van a tomar nada?

—Sí, no te preocupes, Pedro y Yunes se lo llevarán.

—Me gustaría seguir oyéndola hablar, es divina.

—Luego vamos al banco si quieres.

Luego. Matilde se arrepentiría siempre de haber dicho luego. Ahora. Tendría que haber dicho ahora. Tendría que haberlas arrastrado a la playa, haberlas arrancado de ese banco. Andrea también lo lamentaría, y se culparía además de haber celebrado aquella fiesta, no sólo de haberlas invitado. Se reprocharía haber permitido que no se integraran, haber consentido que asistieran sin asistir. Al menos podría haber acercado la alfombra al paseo marítimo, pero no se le ocurrió, ni a ella ni a nadie, y permitieron que Aisha y Farida miraran desde lejos, y que sus maridos atravesaran la playa.

Yunes y Pedro caminaban por la arena hacia la alfombra iluminada, despacio. Y de pronto, y sin que ninguno de vosotros lo advirtiera, echaron a correr en dirección contraria, hacia el banco donde Aisha y Farida les esperaban. ¡Ahí van dos! ¡A por ellos! ¡Vamos a limpiar la playa! ¡A la caza! Los que estabais sentados al borde del mar no oísteis nada, ni Aisha ni Farida tampoco lo oyeron. ¡A la caza!

¡A la caza! ¡Corre, Aisha. Corre! ¡Vete de aquí!
¡Corre! ¡Farida, corre! Una porra metálica agi-
tada en el aire. Un ruido seco. ¡Farida!, un gemido. Un cuerpo que cae. ¡Farida! Un mango
estrecho para una porra ancha.

Aisha y Farida se levantan del banco. Miran hacia la playa y distinguen a lo lejos las luminarias que Andrea y Matilde consiguen
mantener encendidas. No ven tendido a Yunes. Pero oyen algo, oyen algo. ¡Aisha! ¡Farida!
Pedro consigue dar un paso más, hacia ellas.
Se levantan del banco y se acercan a la ba-
laustrada. ¡Aisha, corre! ¡Largaros las dos de
aquí, Aisha! Cinco hombres blandiendo porras
muy cortas, cinco mangos estrechos en cinco
manos que han perdido el miedo a matar.
Otro cuerpo que cae. ¡Aisha!, otro gemido.
¡Aisha! Las mujeres distinguen a Pedro en el
suelo. Cinco hombres le golpean con sus cortas porras metálicas de mango estrecho. ¡A
por ellas!, dicen al verlas dirigirse a las escaleras que dan a la arena. Y vosotros estáis de-

masiado lejos. No veis a los cinco hombres. No son jóvenes. Atuendos elegantes. El pelo engominado y rizos en la nuca. Bien peinados. Han dejado atrás la cabeza rapada y las botas militares. Visten chalecos de gamuza verde para salir de caza. ¡A por ellas! No lo oís, no oís ¡A por ellas! ¡A la caza! ¡A la caza! Y no veis a Farida y Aisha. Iluminadas por las farolas del paseo marítimo. Sus caftanes de colores. Bajan las escaleras. No huyen. Corren. Y en su carrera se dirigen hacia los asesinos. ¡Venid aquí, moras de mierda! ¡Bien, éstas no nos van a hacer correr! ¡Vienen a ver a sus cerdos! ¡Acercaos, que también hay para vosotras!

Tú creíste oír voces, desde lejos. Fuiste el primero en alarmarse:

—Allí pasa algo raro —le dices a Ulises.

Miráis en dirección a la noche. Unas sombras se mueven en la playa.

—Allí pasa algo raro —insistes.

Apagasteis la música. Y prestasteis atención. ¡Buena caza! ¡Buena caza! ¡Hay que limpiar la playa!

No reaccionasteis a tiempo.

—¿Qué ha sido eso?

—No lo sé.

Farida y Aisha avanzan hacia los cuerpos tendidos en la arena. No las visteis llegar junto a sus hombres, mientras los bien vestidos les hacían pasillo. Y estaban solas. Oísteis los gritos desgarradores de las dos mujeres, pero no alcanzasteis a verlas arrodilladas en la arena. Corristeis hacia las sombras que se movían. Corristeis hacia los gritos. Pero no llegasteis a tiempo. Los cazadores tenían acorraladas a sus presas. Las presas no hicieron intención de escapar. Los cazadores reían. ¡Hola, hola, cerdita! ¡Mírame, yo también quiero que me des un besito! ¡No seas guarro! ¡Dile a esta perra que me mire! ¡Díselo tú, a mí me da asco! ¡Mírame, putita! Aisha y Farida ahogan sus lamentos en los cuerpos de Pedro y Yunes. ¡Déjame a la vieja! ¡Llora, llora, llora, lloriquea, puta de mierda! ¡Para ti la puta vieja, yo quiero la putita! ¡Viene gente! ¡Yo también quiero la putita! ¡Dile que te mire! ¡Mírame! ¡Mírame! ¡Que viene gente! Una porra metálica levanta la barbilla de Aisha. ¡Mírame te digo, perra! Aisha obligada a levantar la cabeza, baja los ojos. ¡Sí, ésta es para mí! ¡Que os estoy diciendo que viene gente! No llegasteis a tiempo.

Farida recibió un golpe en el cráneo mientras abrazaba la cabeza de Yunes y miraba a Aisha. Unos ojos que miran más allá del dolor. ¡Auisha!, gimió, ¡Auisha!

Aisha fue la última en morir. Pero no lo visteis. Murió llorando. Con su vestido de boda empapado en la sangre de Pedro.

Lloras. Hacía mucho tiempo que no llorabas así. Ahora el dolor te mantiene despierto. Tus lágrimas te hacen solidario, piensas. Solidario, al menos en el dolor. Es fácil serlo cuando se ha perdido todo. Que nadie duerma después de haber descendido al espanto. Aún no te has recuperado de tu estupor. Recuerdas a Matilde. *Nessun dorma. Tu pure, o Principessa, nella tua fredda stanza.* No, tampoco la princesa podrá dormir esta noche. Matilde. Matilde.

Ella se abrazó a Ulises. Su llanto desesperado, su emoción primaria, se la entregó a él, ante tus ojos.

Los agresores escaparon sin que nadie los hubiera visto. Nadie. Salieron de cacería habiéndose asegurado bien la retaguardia. Uno de ellos había descubierto el lugar de reunión de los africanos ilegales. Y alguien les había asegurado que las fuerzas del orden se mantendrían al margen. Pero la casa abandonada estaba desierta cuando llegaron. Regresaban por la playa cuando descubrieron a Pedro y a Yunes. Nadie los vio. Nadie. Ni siquiera vosotros. A pesar de que pasaron por delante de la alfombra tendida en la arena.

Al salir de las ruinas, donde el vacío les había negado su particular coto de caza, vieron unas luces a lo lejos, en la orilla del mar. ¡Mirad, ahí los tenemos! ¡Quietos! ¡Escuchad!, oyeron la música y se acercaron con sigilo. Rastreaban sus piezas. Os confundieron. Pero cuando se encontraban a distancia suficiente para distinguiros, reconocieron a Andrea Rollán bailando descalza entre las luminarias. Ninguno de vosotros los vio alejarse.

La policía indagó lo preciso. Apareció en la playa sin que nadie les hubiera avisado, cuando los criminales ya habían huido. Llegó en un solo coche celular, donde iba también el juez que se encargó del levantamiento de los cadáveres. Les acompañaban dos ambulancias. Y se llevaron a las víctimas al hospital provincial con una rapidez sorprendente.

Pedro llevaba en el bolsillo su documentación y la de Aisha. Yunes y Farida estaban indocumentados. Al día siguiente, apareció una breve crónica en la prensa, en la página de sucesos, destacando que todo hacía sospechar un ajuste de cuentas entre traficantes de drogas. «Una banda compuesta por un español y tres magrebíes...» Ulises se indignó, y reclamó por vía judicial que se retractaran de la noticia.

En la comisaría, Ulises os anunció su decisión de cerrar «Aguamarina» después del entierro. Y os comunicó a Estanislao y a ti que renunciaba a producir la película. No pedisteis explicaciones, y él tampoco os las dio.

La sala donde os encontrabais se iluminaba tan sólo con un tubo fluorescente mortecino pegado al techo. Su único mobiliario consistía en un banco de madera contra la pared, pintada y desconchada de un verde pálido. La sordidez del ambiente añadía a vuestro aspecto derrotado una impresión de desamparo.

Andrea Rollán lloraba abrazada a Matilde, sentadas las dos, mientras Estela intelectualizaba el horror intentando una charla profunda con Estanislao que no la escuchaba.

Ulises se sentó al lado de Matilde. Hundido en su tristeza, repetía una y otra vez la misma frase mirando al vacío:

—No es posible, no es posible.

Federico Celada se colocó de pie junto a él.

—Les querías mucho, ¿verdad? —le dijo, y le pasó el brazo por encima del hombro.

Tú permaneciste de pie hasta que todos hubisteis declarado ante el comisario y un inspector de policía. Un funcionario recogió vuestras palabras aporreando con dos dedos una vieja máquina de escribir. Uno por uno traspasasteis la puerta que se encontraba frente al banco de madera, con idéntica inquietud, con un desasosiego contradictorio, que a un tiempo os hacía desear la denuncia contra los asesinos y temer revivir el asesinato. Las mismas preguntas os hicieron. Las mismas palabras usó el funcionario para redactar las respuestas en distintos folios, sin mucho detalle. Y el caso se cerró con vuestras declaraciones.

Matilde fue la última en declarar, ya había salido del despacho cuando se volvió hacia el comisario:

—Quiero ir a verlos —dijo.

—Eso no es posible.

—¿No es posible?

—No. Tienen que hacerles la autopsia.

—¿Y después?

—Estarán en una cámara frigorífica.

—¿Y cuándo podré verlos? Quiero velarlos.

—No puede ser. Ya se lo he dicho, estarán en una cámara frigorífica.

—¿Y nadie podrá velarlos?

—Si algún familiar reclama sus cuerpos y

los saca del hospital, podrán velarlos. Si no, irán directos a la fosa común.

—Ellos no tienen familiares.

—Entonces...

—Entonces ¿qué?

—A la fosa.

Matilde se giró espantada hacia Ulises. Con los ojos muy abiertos Susurró:

—A la fosa...

—No irán a la fosa —le dijo él, limpiándose las lágrimas—. No te preocupes. No lo permitiré. No irán a la fosa.

Ulises llamó a su administrador y a su abogado. Llegaron los dos juntos a «Aguamarina» a primera hora de la mañana. Se encargaron de inmediato de que los cuatro cadáveres fueran trasladados al cortijo, y dispusieron cuanto fue necesario para que recibieran sepultura según la tradición musulmana.

Ninguno de vosotros pudo dormir esa noche, ni siquiera quiso intentarlo. Estela insinuó la necesidad de descansar un poco. Hizo intención de retirarse a su habitación, pero Estanislao no la siguió y ella no quiso irse sola. Nadie quería estar solo esa noche. Todos, incluso Andrea Rollán y Federico Celada, que se habían ido con vosotros a «Aguamarina», esperasteis juntos la llegada del abogado y el administrador; y después continuasteis reunidos en el salón, en silencio, a la espera del resultado de sus gestiones.

Os encontrabais en un letargo insomne, entre la vigilia y el sueño, cuando os comunicaron que los cuerpos llegarían a «Aguamarina» en un par de horas. Agotados, en un duermevela involuntario, narcotizados por el dolor, os dispusisteis a una nueva espera. Matilde se levantó con la intención de hacer café.

—¿Por qué no duermes un poco? —le dijo Ulises.

—No. Nadie la vela allí.

—¿Cómo? —preguntaste tú:

—La estoy velando.

Se dirigió a la cocina y Andrea se ofreció a

ayudarla. Cuando llegaron a la puerta, tu mujer se derrumbó en llanto cayendo al suelo. Agarrada al picaporte sin poder abrir, ni soltarlo:

—Aisha. Aisha, ¿qué te han hecho? ¿Qué te han hecho?

Andrea tuvo que pedirte ayuda para arrancarla de allí.

La sirena de las dos ambulancias que llegaban a «Aguamarina» os levantó a todos de vuestros asientos. El *Libro de las huidas y mudanzas por los climas del día y la noche* cayó de las manos de Ulises. Todos corristeis hacia la puerta, y visteis cómo bajaban las cuatro camillas.

—¿Dónde los ponemos?

Los cadáveres iban envueltos en sábanas. El abogado de Ulises se había encargado de que los trasladaran sin féretro, el rito musulmán exige que el cuerpo tome tierra en un sudario blanco. Ulises destapó la cara de Pedro, de Aisha, de Yunes, de Farida, y les quitó la venda que sujetaba sus mandíbulas. Después, indicó a los camilleros el camino hacia la biblioteca, y les pidió que los colocaran en el suelo, a Pedro junto a Aisha, a Yunes junto a Farida.

En ese momento llegó el colectivo magrebí, los hombres y mujeres que no se habían reunido en la casa abandonada del paseo marítimo. Las mujeres lavaron los cuerpos de las mujeres, y Matilde las ayudó. Cuando limpiaba la cara de Aisha, comenzó a llorar en silencio. Secaba el agua de las mejillas blanquísimas y luego enjugaba sus lágrimas. Ulises había dispuesto que envolvieran los cuerpos en sábanas de lino de «Aguamarina», y así lo hicieron.

Cuando Aisha estuvo envuelta en su sudario blanco, Matilde salió corriendo hacia la casa de los guardeses. Regresó con la mantilla española que Ulises le regaló en su boda. Qué pequeña estaba al lado de Pedro. Colocó la mantilla sobre ella y dijo que ya podían entrar los hombres a lavar a los hombres.

Cuando esperabais todos en el pasillo, Matilde volvió a salir corriendo. «Este cofre pequenio regaló Yunes a Pedro y Aisha, incienso que sobra de boda para entierro guardo dentro.»

Sobre la almohada de la cama de Aisha, Matilde encontró a *Negrita* acurrucada. Le acarició el lomo, la cogió en brazos y la besó. Después volvió a dejarla sobre la almohada, buscó el cofrecillo en el arcón y regresó corriendo al velatorio.

Los hombres avisaron que podíais entrar. Matilde entregó el incienso de La Meca a las mujeres. Las mujeres prendieron el incienso y los hombres comenzaron a recitar el Corán. Se habían repartido entre ellos todos los capítulos, cada uno leía un rezo distinto, y todos a un mismo tiempo. Los versículos del libro sagrado se mezclaban en las diferentes entonaciones de las voces que los salmodiaban, en una cacofonía que no terminó hasta que los cuerpos alcanzaron la tierra. EN EL NOMBRE DE DIOS, EL CLEMENTE, EL MISERICORDIOSO. «¿Qué te hará entender qué es un abismo?» «... Nos, lo hemos hecho descender en la noche del Destino». «¿Qué te hará entender qué es la noche del Destino?» EN EL NOMBRE DE DIOS, EL CLEMENTE, EL MISERICORDIOSO.

Matilde se sentó en un sillón a escuchar las oraciones, envuelta en el aroma a incienso que se quemaba, y en el arrullo de los cantos del Corán, se quedó dormida. EN EL NOMBRE DE DIOS, EL CLEMENTE, EL MISERICORDIOSO. «¡Paz!, ella dura hasta que sube la Aurora.» «Me refugio en el señor del Alba, ante el daño de lo que creó, ante el daño de la oscuridad» «quien te detesta es el mutilado».

Estela y Estanislao se retiraron entonces a su dormitorio y Federico y Andrea se fueron a descansar a los sofás del salón. EN EL NOMBRE DE DIOS, EL CLEMENTE, EL MISERICORDIOSO. «¡Por el cielo y el astro nocturno! ¿Qué te hará entender qué es el astro nocturno?» «¡No toquéis a la camella de Dios, ni a su leche!» Ulises se acercó a Matilde, y tú le seguiste. EN EL NOMBRE DE DIOS, EL CLEMENTE, EL MISERICORDIOSO. Fue él quien la despertó con suavidad:

—Es mejor que subas y te eches un rato. Ya puedes descansar, la están velando.

Y tú la acompañaste a vuestra habitación.

—Voy a dejarte, Adrián —te dijo mientras subía las escaleras apoyada en tu brazo.

—¿Qué?

—Que voy a dejarte.

—Estás cansada. Ahora descansa.

—Voy a dejarte —repitió cuando se quitaba las sandalias.

—Descansa —volviste a decir. Te acostaste a su lado y te quedaste dormido.

Fue la última vez que dormiste junto a ella. Matilde se despertó a las pocas horas y bajó a la biblioteca. Tú continuaste durmiendo todo el día. Despertaste al anochecer, desorientado. Los suras del Corán que subían hasta tus oídos te dijeron que no había sido un sueño. «Somos de Dios y a Dios volveremos.» EN EL NOMBRE DE DIOS, EL CLEMENTE, EL MISERICORDIOSO. «El golpe. ¿Qué es el golpe? ¿Qué te hará entender lo que es el golpe? Es el día en que los hombres estarán como mariposas desorientadas...» EN EL NOMBRE DE DIOS, EL CLEMENTE, EL MISERICORDIOSO. «La rivalidad os distrae hasta el punto de que visitáis los cementerios. ¡No! ¡Pronto sabréis! Luego. ¡No! ¡Pronto sabréis! ¡Si supieseis la ciencia con certeza! ¡Veréis el infierno! ¡Lo veréis con el ojo de la certeza! En ese día se os interrogará sobre la felicidad.»

Si no hubieras dormido tanto —te reprochas ahora—, si hubieras dormido cuando ella dormía. Si hubieras despertado cuando ella despertó. La habrías visto buscar en el armario un vestido negro, y entrar enlutada a la biblioteca. Habrías visto cómo Ulises se acercaba a ella:

—¿Quieres ponerte de luto?

—Ya me he puesto de luto —contestó extrañada.

—Es que el luto para ellos es blanco.

Matilde regresó al dormitorio. Pero tú no la viste buscar de nuevo en el armario. No tenía ningún vestido blanco. Encontró el chal que alguien le trajo de Turquía —tú mismo lo compraste, ahora lo sabes—, se lo colocó sobre los hombros y regresó junto a los muertos cubriendo de luto blanco su luto negro.

Las mujeres magrebíes trajinaban en la cocina. Todas habían llevado algo de comer, según la costumbre, y lo estaban colocando. Adornaban las fuentes como si se tratara de una fiesta. El ruido que hacían con la vajilla estremeció a Matilde al pasar junto a la puerta cerrada. Se paró un momento y encontró las fuerzas que la ayudaron a seguir caminando. Ulises la vio entrar en la biblioteca y temió por ella, a causa de su palidez, y del espanto reflejado en su expresión:

—¿Quieres que te traigan un caldo?

—Bueno —contestó mirando los cuerpos tendidos—. Siempre los vemos desde lejos. En el suelo están más lejos.

—Forma parte del rito musulmán.

—Llevaba su vestido de boda. Muy cerca de la tierra. ¿Los encontrarán?

—A quiénes.

—Ahora sí voy de luto.

—Sí, Matilde, ahora sí vas de luto. Ven, siéntate.

—No los encontrarán.

Ulises cogió a Matilde por los hombros y la condujo hacia un sillón. Ella se dejó llevar por sus pasos con la mirada perdida, se detuvo y miró a Ulises:

—A los bestias. Tú sabes que no los buscan.

Ulises no contestó. Matilde se dio la vuelta y fijó sus ojos en la mantilla que cubría el cuerpo de Aisha.

—Llevaba su vestido de boda. ¿Sabes que no los encontrarán?

—Ven, mi amor, siéntate.

Tú también habrías deseado darle alguna respuesta, si hubieras estado con ella. Si la hubieses visto con la mirada perdida en Aisha, con la mente extraviada.

Pero si hubieras estado con ella, Ulises no la habría llamado mi amor. Y fue cuando la llamó mi amor cuando Matilde reaccionó.

Los días se confunden con las horas, y no puedes distinguirlos. Han pasado ya cuarenta noches desde que Matilde se fue. Cuarenta días. Los que necesita el alma para despedirse según las creencias musulmanas, los que dura el luto blanco, mientras el alma ronda. Aprendiste mucho en Punta Algorba. Ahora sabes que en el séptimo día tiene lugar la separación definitiva, la despedida, pero que el alma ronda hasta el día cuarenta. Estela te lo explicó todo, ella lo aprendió muy bien, para poder contarlo. Y te reveló el significado de los nombres de los muertos.

—Aisha es «La que vive», y murió su novio en el naufragio, y ella no. Farida significa «La única», y fue la única que sobrevivió de su familia. Yunes se traduce por Jonás, el que fue engullido por una ballena. Y Pedro, como sabrás, es «Piedra», y tenía aspecto de ser el más duro de todos ellos.

Matilde no sabe nada. No sabe tampoco que Algorba significa «Expatriación», «Abandonar la patria».

—Una alegoría muy cruel —te había dicho Estela—, que dejen su país y lleguen a Punta Algorba, y sea para morir.

Sin saber nada, sólo sintiendo, Matilde tomó parte en los ritos, y se emocionó como si creyera en ellos, ignorando que en unos podía participar y en otros no debía hacerlo.

Caminó detrás de las parihuelas que llevaban a Aisha, a Pedro, a Yunes y a Farida hacia sus sepulturas, a pesar de que las mujeres no deben ir al cementerio. Comió higos secos. Asistió a las exequias sin saber que las tumbas se orientan hacia La Meca, y que se abren en el suelo porque en tierra se debe enterrar a los muertos. Anduvo entre los hombres, la cabeza cubierta con su chal blanco, ensimismada en las aleyas del Corán. Los salmos acompañaron a Pedro y Aisha, a Yunes y Farida, hasta sus tumbas, y la cacofonía de voces no dejó de sonar hasta que sus cuerpos estuvieron cubiertos de tierra. EN EL NOMBRE DE DIOS, EL CLEMENTE, EL MISERICORDIOSO. «No seáis como aquella que rompía el hilo después de haberlo hilado sólidamente.» Sí, también en el Corán aparece una Penélope —lo sabes ahora—, aquella mujer árabe llamada Raita Bint Saad ibn Taym pertenecía a la tribu de los Quraych. Estela memorizó los nombres, acumuló los datos.

Matilde no sabe nada. La recuerdas hacer lo que los demás hacían, sin preguntar. No se dio cuenta de que las mujeres se quedaban y se marchó con Ulises, siguiendo al cortejo fúnebre. Tú fuiste con Estanislao y Federico. Estela y Andrea se quedaron en el cortijo, junto a las mujeres, esperando vuestro regreso. El abogado y el administrador se quedaron también, disponiéndolo todo para cerrar la propiedad cuando os hubierais marchado, porque Ulises deseaba irse el primero de «Aguamarina».

Aguamarina. Punta Algorba. Y las lágrimas de Matilde se confunden con los días y las horas, y con las tuyas. En un pequeño cementerio al borde del mar. Y se confunden con los versos de Adonis, los que Ulises escogió como epitafio y leyó ante las sepulturas:

Oigo una voz que arrastra por la arena
sus pesados días,
escucho sus ensueños asesinados.
Cada sueño es una cabila
y las jaimas son gargantas sujetas
con cuerdas que imploran:
    «Plántanos allá, en el palmeral y la hierba,
    donde la vida.
    ¡Amárranos al agua...!»
    «No hay agua ni protector y murieron ya los
    profetas.»
Oigo bajo los pañuelos

y entre los cúmulos del alba,

cuando se rompe contra la tierra el cielo,

por los peldaños de sombra que se alzan y desploman,

entre la ciudad y el sol,

entre el gemido y el eco,

oigo un lamento, como un latido de dulzura en una
    roca inconmovible,

como un borbotar de manantiales.

Llora Ulises. Llora Matilde. Y tú los ves llorar a los dos. Te acercas al Modigliani que ella enmarcó para ti. Y te mira sin ver. Le hablas, y no te responde. Vuelves a escuchar *Turandot*. Mi beso despertará el silencio que te hace mía. Pero Matilde no volverá. Hace cuarenta días que soportas su ausencia. Cuarenta noches en las que obsesivamente esperas al alba, escuchando Nessun dorma. Al alba venceré. Venceré. Venceré.

Cuando el entierro acabó, Matilde subió al deportivo rojo sin dirigirte la palabra. Al llegar a «Aguamarina», subió deprisa al dormitorio y se dispuso a hacer la maleta. Entonces llegaste tú, y ella te entregó la carta.

Te cuesta ordenar las despedidas. Andrea Rollán. Federico Celada. El administrador. El abogado. Estela. Estanislao. Todos se despidieron de Matilde. Todos la vieron meter su maleta en el coche de Ulises.

Todos la vieron subir. Todos la vieron dejarte.

—Tenemos que hablar.

—No. Ya no.

No. La última palabra que oíste en la voz de Matilde, mientras Estanislao estrechaba la mano de Ulises y le abrazaba palmeando su espalda, y Estela lo besaba en las mejillas. ¿Y Andrea Rollán? ¿Y Federico Celada? ¿Y el administrador? ¿Y el abogado? ¿Y los hombres y las mujeres magrebíes?, los pierdes. Los pierdes.

Pero ves a la gata de Aisha. Busca a Matilde. Y ella baja del coche, y vuelve a subir. Y ves a Matilde, con la gata de Aisha sobre sus piernas. ¿Y Ulises?, también ves a Ulises. Se dirige hacia ti para despedirse, te tiende la mano y dice lo siento. Un abrazo sería exagerado. Te ofrece la mano. Él sabe que Matilde te dejó una carta. Sabe que tú sabes. Te ofrece la mano y espera la tuya. Controla bien las lágrimas, pero los ojos se le ven de agua. Y por fin, estrechas su mano, y sin saber cómo, de tus labios escapan dos palabras que te escuchas decir a ti mismo:

—Lo siento.

Se te escaparon. Lo siento. Y te quedaste perplejo. Y los que os rodeaban interpretaron tu perplejidad como un involuntario perdón, un gesto espontáneo, irreflexivo, negado cuando llega a la consciencia. Y los que os rodeaban interpretaron la humedad en los ojos de Ulises. La culpa. Pero tú sabías que era dolor. Tú lo sabías. Y no quisiste comparar tu dolor con el suyo, pero te sentiste agredido por sus lágrimas.

Cuarenta días han pasado desde que Estela y Estanislao te dejaron en la puerta del apartamento que compraste para Matilde, y se marcharon dejándote solo, y se dieron la mano delante de ti por primera vez. Solo. Cuarenta días, desde que tú le dijiste que querías hablar; y ella te contestó: No. Ya no.

Las palabras que no dijiste rondan, como las almas. Y hablas con el Modigliani que Matilde enmarcó para ti. Y no te responde.

Allí murió mi voz,
allí vivió mi voz.
Mi voz era un profeta en cuyo sol arrojé mi túnica,
era un sol de llanto herido a mis espaldas.

ADONIS

A Federico Arbós, por su traducción de los poemas de Adonis.

A Maribel Verdú Rollán y a Federico Celada, que me dieron sus nombres.

Y a Malika Embarek y a Eduardo Alonso, que me ayudaron a escribir esta historia.